謎掛鬼

警視庁捜査一課・小野瀬遥の黄昏事件簿

沢村鐵

双葉文庫

目次

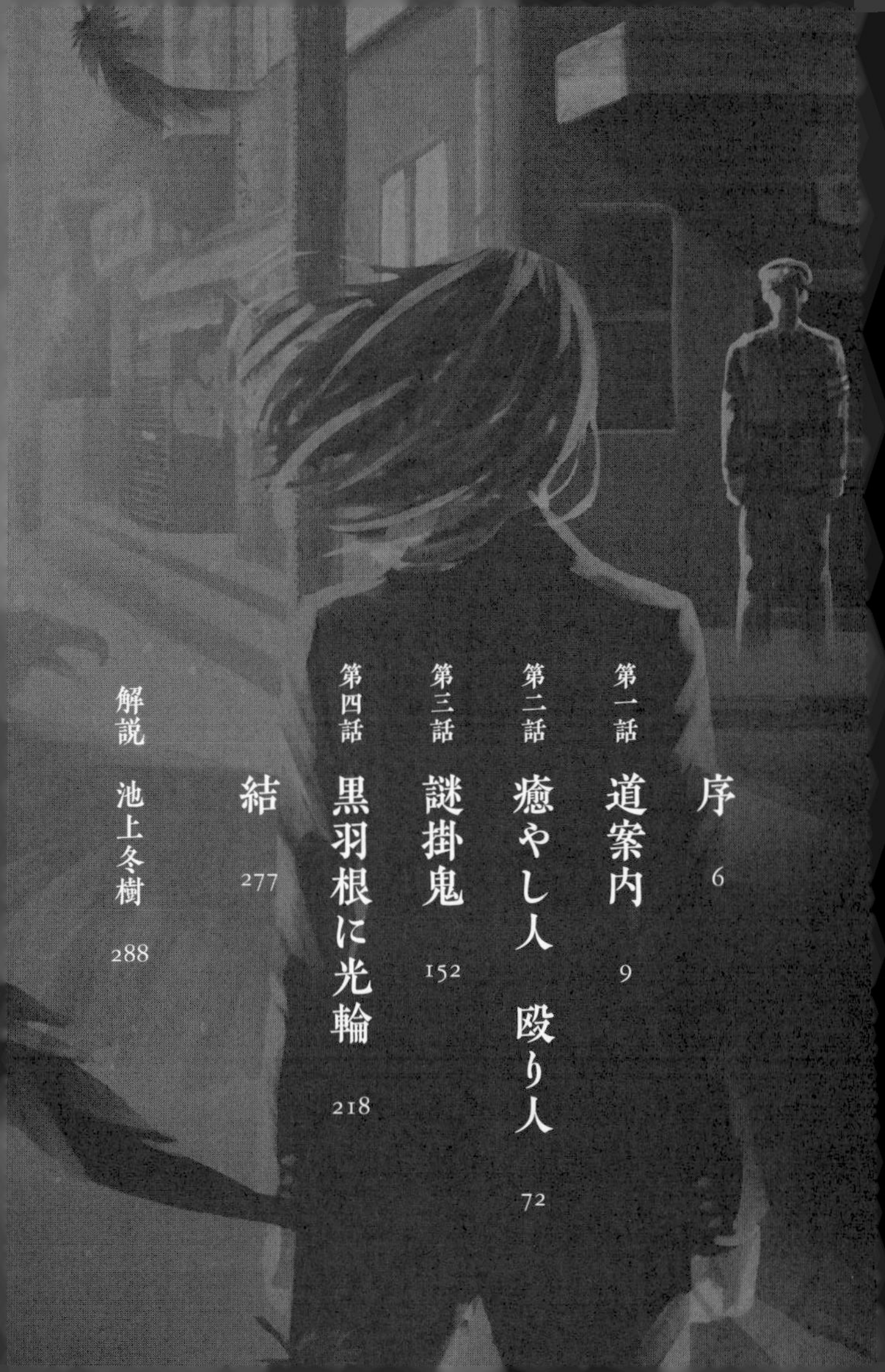

謎掛鬼《なぞかけおに》

警視庁捜査一課・小野瀬遥の黄昏事件簿

序

また、夕暮れだ――と遥《はるか》は思った。

気づくと自分が橙色に染まっている。空も、町並みも、薄い闇のベールを被って優しいフォルムになる。道も、建物も、時折すれ違う人もどこか懐かしい。いつか見た風景。かつて親しかっただれか。温かくて切ない心持ちになる。生まれた町に帰ってきたような安心感。同時に、もうこの時代には戻れないという喪失感がじんわりと染み出して、遥はただ立ち尽くす。

これまで何度、この景色の中にいただろう。

これから何度、ここを訪れるのだろう。

遥には分からない。知っているのは、どこまでも黄昏《たそが》れている町がどこかにあって、遥を待ち続けているということ。

黄昏の中に、黒い影が落ちているのに気づくこともある。時折、ハッとするほどの暗さで遥の目を奪う。ところが、じっと目を凝らしてみると――

影は気まぐれに飛び跳ね、いつしか消える。遥を弄《もてあそ》ぶように。

とうに壊れた幻灯機の動く音が聞こえる。
止まっては動き、止まっては動き——音は次第に大きくなる。
いつしか、どこからともなく響く電話のベルに変わる。新しい悲劇の始まりを告げる。
遥は呼び覚まされ、優しい橙色を振り払う。
たくさんの嘆きに満ちた世界へと生まれ直す。

第一話　道案内

1

「みなさん、時間がない。総力を挙げましょう」

捜査会議に集まった刑事たちの前で、晴山旭《はるやまあきら》主任刑事は声を大にした。

それを小野瀬《おのせ》遥は、無力感とともに見つめていた。

晴山の焦りはかつてないほど高まっている。それも当然だ、と遥は思う。かつてない奇妙な誘拐事件が勃発したのだ。連れ去られた子供の行方が分からない。そしてついさっき、最大の手掛かりが消えた。

容疑者の確保と被害者の保護。その片方が失敗に終わったいま、子供だけは無事に助け出さねばならない。

「樹里《じゅり》ちゃんは絶対に見つける」

思わず漏れた晴山の心の叫び。樹里ちゃん、とは誘拐された女の子の名前だ。

刑事たちはそれぞれに頷く。だが険しい表情だ。どうしてこんなことに、と遥は歯噛みした。異例づくしのこの誘拐事件を振り返る。

発生当初、この事件は古典的な誘拐身代金事件に思われた。目新しいのは、被害者が外国人だということ。インド出身の三十九歳、シャンカール氏が十一年前、日本に来て起ち上げたＩＴ通信会社が大成功し財をなした。氏は日本人女性と結婚し七年前に娘を儲けた。その子、樹里ちゃんが小学校帰りに誘拐され、身代金を要求する電話がシャンカール氏宅に入ったのが三日前。要求金額は五億円。

品川区に大邸宅を持つシャンカール氏のため、品川署に捜査本部が設けられた。本庁からは、誘拐事件の専門部署である捜査一課特殊犯捜査第１係の捜査員全員と、手の空いている捜査一課の刑事が参集した。殺人犯捜査７係からは主任の晴山警部補と、部下の小野瀬遥巡査がただちに捜査本部入りした。

初めて関わる誘拐事件に遥の胸は躍った。しかも誘拐被害者の父親、シャンカール氏はメディアにもよく登場する有名人だ。

「公安に情報を提供してもらおう。これはただの誘拐事件じゃない」

晴山はそう考えて、すぐに公安部との折衝に動いた。実際に身代金を得るというよりも、外国人排斥を狙う恫喝目的ではないかという見立てだ。遥は感心するばかりだった。主任はさすがに百戦錬磨。捜査一課の在籍も長い。そして実際、晴山が睨んだように、犯人グループから身代金の具体的な受け渡しの指示がなかなか来ない。

小野瀬遥はまだ二十五歳。捜査一課に来て一年も経っていないので公安とのパイプなど持たず、誘拐事案についてのノウハウも持ち合わせない。下働きとして、所轄の品川署の刑事と組んで聞き込みをして回るしかなかった。

捜査本部が起ち上がれば本庁と所轄でコンビを作るのが常道。小野瀬遥は、品川署の刑事課で最年長の木内《きのうち》という男と組んだ。遥はどの捜査本部へ行っても、定年間近のベテラン刑事とコンビを組まされる。若手刑事への教育の一環であり、もしかすると、万が一にもセクハラが起きないようにという配慮かも知れない。遥は感謝していた。おかげで色気からは程遠い、枯れた味わいのあるベテランばかりに出会える。

品川署の木内もそうだった。頭の中央が完全に禿げ上がり、両脇はほとんど白髪。体格はいかついが、しごく朴訥《ぼくとつ》な男だった。無駄口をまったく叩かないので物足りないぐらいだ。

捜査本部の責任者は、本庁刑事部捜査一課長の小佐野史朗《こさのしろう》警視正。ただし、陣頭指揮は第一特殊犯捜査の笹原《ささはら》警部が執る。若い頃から誘拐事件に携わり、犯人との直接交渉を何度も経験している誘拐犯対策のスペシャリストだった。だれもが早期解決を期待した。

驚いたのは、遥の上司である晴山がすんなり笹原の補佐役に収まったことだった。

「捜一はいま、人材難なんだ。俺ごときがでかい面をしてられるのもそのおかげだ」

それが晴山の口癖だったが、昨年、警視庁を襲った大嵐を思えば無理もないと遥は頷いてしまう。本庁を襲っている異常な事件に興味はあったものの全貌が摑めず、遥はどこか他人事のような感覚を持っていた。警察OBや、現役の刑事が殺害される事件が続いた。挙句には警視庁内での刑事の自殺。渋谷駅での大掛かりなテロ。当時は八王子署にいた遥にさえ危機感を抱かせるレベルだった。上司たちも毎日のようにあることないこと言い合っていた。裏金。公安。監察。クラン。〝神〟。六本木の極道。渋谷の反社。物騒で怪しさ満点の言葉が飛び交い、何が本当かまったく分からない。喋っていた当人たちも分かっていなかったに違いない。当時はだれもが熱病にかかっていたかのようだった。世も末だと感じていた遥は、今年の春に本庁への異動を告げられたとき、刑事になったことを思わず後悔したほどだった。

刑事部捜査一課の殺人犯捜査第7係に配属され、7係の主任刑事だった晴山が遥の教育係になった。晴山でなければどうなっていたか、遥はうまく想像できない。これほどすんなり本庁に溶け込めたのは晴山のおかげだった。

この晴山こそが、昨年巻き起こった大嵐の中心にいたことを初めは知らなかった。他の刑事が、去年の事件に触れるときに必ず登場するのが晴山で、おかげで遥もだんだんと、自分の上司が桁外れの修羅場をくぐってきたことを肌で理解したのだった。

だが、警察の〝黒歴史〟について晴山に直接問うことはしていない。不躾《ぶしつけ》だと思っているからだが、いつかしかるべきときに、晴山の方から包み隠さず教えてくれるという期待もあった。そのためには、だれより信頼できる部下でいないといけない。

「シャンカール夫妻からは、ホシに関する有力な情報は得られなかった。外堀から埋めていきましょう」

誘拐発生の翌日の夜。最初の捜査会議で、晴山は捜査員たちに向かって声を張った。

遥自身は被害者夫婦の事情聴取に立ち会えなかった。当然だ。閉ざされた空間で、気遣いの要る質問を丹念に積み重ねなくてはならない。経験豊富な笹原警部や晴山主任が当たるべきであり、若手の居場所はそこにはない。

捜査会議で晴山はその詳細を明らかにしたが、夫妻ともども、誘拐犯について心当たりはないと明言したそうだ。だがそれは「間違いなくこいつが怪しい」とは言えないという意味だった。

「シャンカール氏はライバルが多い。氏の企業が急成長を遂げた反動で、割を食った人間も数え切れないはずだ」

笹原警部の説明は的を射ていた。〝絞り込めない〟のが実情なのだ。

熾烈な競合をしている企業や、トラブルが生じた企業のリストを氏に出してもらうと膨大な数に上った。どれだけ人数を投入しても一つ一つ潰すには時間がかかる。一方で、ビジネス外の人間関係も見落とすことはできない。シャンカール夫妻の血縁や知己まで含め、恨んでいる人間、動機がありそうな人間を絞り込む必要がある。気が遠くなるな、と遥は内心思った。有名人は、関わっている人間の数が一般人とは比べものにならない。

樹里ちゃんが通っている小学校や、登下校の時間は、邸宅の周りをうろついていれば突き止められる。送り迎えを任せていたのが家政婦の女性だったことも徒《あだ》となった。二人組の男に襲われては抵抗できなかった。

「日本は治安がいいんじゃなかったのか」

シャンカール氏はそんなふうに刑事たちを非難したらしい。この国を信頼していたのに裏切られた。そんな言い草だ。

だがそれは買いかぶりというもの。犯罪のない国は存在しない。捜査会議の演壇のボードに掲げられた樹里ちゃんの顔写真を見ると、特徴的な顔立ちだった。ダブルだということは容易に分かる。誘拐の標的としては恰好だ。他の子と間違える可能性が低い。

「ＳＳＢＣにも、特別態勢を組んでもらう。全てのヤマに優先して誘拐犯を追う」

笹原警部が力を込めて言った。ＳＳＢＣとは捜査支援分析センターのこと。科学捜査全般をバックアップする部署だが、この中の機動分析係はとりわけ防犯カメラ映像の分析に秀でている。今日日、防犯カメラによる証拠映像なしには捜査が成り立たなくなっている。容疑者確保の一番の近道になっているから人員も増やされている。総動員できれば、一気に実行犯が絞り込めるかも知れない。まずは現場から去った車の特定だ。

「スクランブルで、二十四時間体制で作業します」

捜査会議に参加していた捜査支援分析センター長の橋野《はしの》警視は約束してくれた。

「よし。そっちは任せるとして、我々は明日は朝から容疑者の絞り込み、関係者の鑑取り、誘拐現場周辺の目撃者捜しを続けましょう。明日も気合いを入れていきましょう！」

晴山主任の号令で解散となる。遥は晴山の元へ駆け寄った。事情聴取の様子を知りたかったのだ。

「夫妻の様子、どうでした？」

「シャンカールってのは、嫌な男だな」

大勢の刑事の前では言えないことを、晴山はさっそく部下に漏らしてくれた。

「テレビの愛想のいい顔は外面だけだ」

「そうですか……」

遥は周りの目を気にして声を落とす。

「悪い予感が当たった。娘のことより、商売に影響することを気にしてやがる」

晴山がここまで悪し様に言うのは、よほど印象が悪かったということだ。

「警察に不信感を持ってるしな。前に何かあったのかも知れない。それとも、インドの人はあれが普通なのかな？　やたらと上からものを言ってくるし」

「虚勢を張ってるんじゃないですか？」

遥はなだめるように言った。

「こんな大事《おおごと》になって、情緒不安定になるのは仕方ないでしょう。奥さんの方は？　どうなんですか」

「心配だ」

晴山は頭を振った。ほとんど喋らなかったという。

「顔色がひどくてな。娘がいなくなってから、ずっと自分の部屋で寝込んでるみたいだ。食事も喉を通らないんだろう。あれじゃまともに話なんか聞けない」

「無理もないですね……」

一人娘が誘拐されたのだ。ボードの写真を確認する。樹里ちゃんの隣にある紗央里《さおり》という名の母親は、美人ではあるがどことなく薄幸そうに見えた。シャンカール氏より十も下だから、まだ二十代。

娘さんを救ってあげたい。

「だが、さっき言ったように、有力な容疑者は浮上していない。シャンカール氏には敵が多すぎるんだ……地道に潰してたら時間を喰う。SSBCの網に、うまいこと引っかかるといいが」

そして、晴山の期待はまもなく実現した。

2

誘拐発生の翌々日。捜査支援分析センターが、誘拐現場から走り去った車を特定した。誘拐現場の周辺およそ半径五百メートル以内の監視カメラ映像をくまなくチェックし、目撃者の証言と照らし合わせた結果、犯行に使われたヴァンの車種を割り出したのだ。

街角の防犯カメラでは解像度の低い映像も多かったが、最新技術を駆使してナンバープレートの拡大にも成功した。

そのヴァンが登録されている住所は、東京最西部の小さな建設会社のものだった。数年前から経営が傾き、どうにか維持しているものの倒産寸前の会社だ。即時、捜査本部から事情聴取部隊が出発した。小野瀬遥も末席に加わることを許された。遥がかつて近くの警察署に所属していたというのが表向きの理由だが、晴山が経験を積ませるために無理にねじ込んでくれたのは間違いなかった。

せめて足を引っ張らない。遥はそう念じながら、晴山を先頭にした先輩刑事たちとともに建設会社を訪れた。会社と呼ぶには淋しすぎる小さな事務所には、昨年脳梗塞で倒れたもののどうにか復帰した三田《みた》という名の社長が一人いるのみで、従業員は出払っていた。とはいえ、従業員は二人きり。三田社長によれば、ヴァンは従業員たちが使っているものだそうだ。社長はもはや運転できないどころか、車での移動も極力避けているような健康状態だった。事務所の裏にある自宅と徒歩で行き来するので精いっぱいで、誘拐の実行犯である可能性はなかった。

となれば焦点は従業員たちに絞られる。身内の二人が誘拐容疑をかけられていると知ると三田社長は衝撃を露わにした。また発作を起こしかねないその様子に、捜査員のだれもが犯行には関係ないと確信した。

「社長。あなたのところの従業員は、会社を維持するために金策に走り回っていたそうですね」

晴山が、近隣の署が摑んだ事実を三田にぶつけた。三田は苦しげに頷く。この場のだれもが、社長さえもが、従業員たちが窮乏を救うために大それた犯罪に手を染めた。そう疑っていた。だがその二人はここにはいない。

「どこにいるんですか？」

重ねて問うても、社長は唸るしかできない。従業員は警察の動きを察知して逃亡したのではないか。そんな不安が膨らんだ矢先、交通管制センターから緊急連絡が入った。くだんのヴァンが五日市街道を西に向かって走行しているという。日本警察が誇るNシステム網が威力を発揮した。自動車ナンバー自動読取装置がナンバープレートを感知し、アラートを鳴らしたのだ。

「でかした。近くにいる警察車両に連絡して、追跡してくれ」

晴山が依頼せずとも、捜査本部に残っている笹原警部の号令で大追跡が始まっていた。遥はそのとき、リアルタイムでは詳細が分からなかったがあとから映像を見た。警察車両の車載カメラやヘリコプターから撮影したものだ。パトカーや覆面パトカーのクラウンに追われて、古いヴァンが必死に逃げる様にはいじらしささえ感じた。結末を知って見ればなおさらだ。

ヴァンはやがて五日市街道を外れ、多摩の山間部の曲がりくねった道に入り込んだ。従業員たちは運転の難しい道を通ることによって警察を撒こうとしたようだが、その道が仇となったのは当の逃亡者たちにとってだった。スピードを出しすぎてカーブを曲がりきれなかったヴァンはガードレールを突き破って斜面の下に転落。助手席に乗っていた若い従業員が即死。運転席の中年の従業員は瀕死の重傷を負った。そして今日に至るも、集中治療室に入りきりだ。生きているのが不思議なほどで、明日をも知れぬ命だという。

この結果は黒星に近い。世間からもバッシングが巻き起こった。こんな大立ち回りをする必要があったのか。もっと穏当な策を選び、確実に容疑者を確保できなかったのかという非難だ。指揮を執っていた笹原警部は、今朝の捜査会議で責任者を辞す意向を示したが、周囲に説得されてヤマが片付くまでは任を全うすることになった。

「子供の救出が最優先だ。笹原さんの顔も立てなくちゃな」

晴山の決意は悲壮だった。たしかに、起きてしまったことはしょうがない。誘拐された子供さえ無事に取り戻せれば警察の信頼は回復できる。

ただし、手掛かりが消えた。

主犯の男たちは死亡あるいは意識不明。共犯者の影はなく、二人が居場所を言わない限り子供は助け出せない。取り返しのつかない失態――実行犯を追いつめようとして警察が追いつめられた。

「最悪だ。ここまでドツボに塡《は》まるか」

晴山の呪いのような呻《うめ》きは、遥の胸をも突き刺した。監禁されているとしたら、そこにだれか別の人間がいなければ世話もできず、食事も与えられない。もちろん最悪なのは、すでに樹里ちゃんが殺されている可能性だ。どこかに埋めてしまっていたら永久に見つからないかも知れない。

ヴァンのGPS記録を辿ればいい。だれもがそう思ったが、ヴァンが古すぎてカーナビがついていなかった。地道に防犯カメラやNシステムのアーカイヴで従業員たちの足取りを追うしかないが、そもそも郊外に行けば行くほどカメラの台数は減る。都心の映像は確保できても、それ以外の地域の足取りはまばらにしか摑めなかった。

とすれば、この広い東京から七歳の女児の隠し場所を突き止めるのは藁の中の針を探すようなもの。建設会社の近所の人間に丹念に話を訊いても、何も知らない様子の社長に再度ぶつかっても収穫はゼロだった。従業員たちの人脈を辿れば必ず手掛かりが摑める。そう信じて遥も聞き込みを続けたが、不況と業績不振で仕事相手が激減している折だ。三田建設の近況を知っている人間自体が少なかった。

「調べれば調べるほど、なんか、つらいんです」

そして今日。夜の捜査会議が終わった後、収穫のなさに刑事全員が失望を隠しきれない重い雰囲気の中で、遥は正直な思いを伝えた。晴山なら受け止めてくれると知っていたからだ。

「つきあいのある近所の人たちに訊いても、取引先に訊いても、三田建設の評判はいいんです」

従業員と社長の結束は固く、まるで血の繋がった家族のようだとみな口を揃えた。情に厚くアットホームな社風だが、時代の流れからは取り残されてしまった。

「犯罪に関わるなんて信じられない、ってみんな言います」

「そうか」

晴山は顔をしかめた。同情してくれている。

「三田建設は分かりやすく追いつめられていました。なんだか、他にどうしようもなくなったから、身代金目的で誘拐なんてしてしまったんじゃないかって……」

建設会社の三人は社会の落とし穴に塡まり込んだような状態だった。行き場もなく助けてくれる相手もいない中、絶望が引き金になって大それた犯罪に走った。それが今回の誘拐事件なのではないか。

「同情してる場合じゃない。一番可哀想なのは、誘拐された女の子なんだからな」

晴山の目は充血し切っている。十月初めなのに、季節外れの花粉症かと思うほどだ。寝ずに捜査しているのだった。捜査本部に属する男の刑事たちは品川署の空き部屋に泊まり込んでいるが、晴山はそこにすら行っていない。昼は出ずっぱり、夜は司令部に張り付いて各所に連絡し情報を精査するのに必死。遥が掛け値なしにこの先輩刑事を尊敬するのはこういうところだった。

「小野瀬。分かってるだろう。もう丸三日だ」

晴山は静かに告げた。

「これが災害救助だったら、そろそろアウトだ」

「……はい」

言われるまでもなく意識していた。大地震などで住民が行方不明になった場合、生存確率が大きく下がる境目。いわゆる〝七十二時間の壁〟だ。

女児の状態が分からない。食料のない場所に閉じ込められていたら危険だ。危険すぎる。

「だがどうしても、連中が拠点にしていた場所が分からない」

晴山は呻いた。不器用なほどの真っ直ぐさを知っているから、遥はなおさら胸を締めつけられる。

「このまま聞き込みをやっても効率が悪い。なにか他に手はないか。なにか」

声が震えていた。遥のような青二才にもアイディアを求めるほど追いつめられている。少しは寝てください、本当はそう言いたかった。怒鳴られるのがオチだ。名案など出てこない、なにもできない自分が情けなかった。捜査一課に配属になって半年を過ぎたところ。捜査一課の最年少。捜一は憧れだったが、なぜ自分が所属できたのかまったく分からない。いくら人材難とはいえ。

昨年、東京を席巻した大事件で捜査一課の刑事が何人も去った。現役とOBとを問わず、警察族が多く死に、あるいは逮捕された。以後、晴山も責任ある立場に就くようになったらしい。すでに警部補で主任刑事ではあったが、警部と係長への昇任も近いという噂がある。だがそれにしても、頑張りすぎている。

ひょっとすると、去っていった同僚たちの想いを背負う意識が強すぎるんじゃないか。遥はそんな想像をしていた。昨年の大嵐の背景には、警察の裏金問題があったことが報道されている。裏金の噂はもちろん遥も耳にしたことがある。末端にいる遥にとってはどこか遠い話だったが、警視庁の全警察署に裏帳簿があると言われているくらいだ。

記事によれば、秘密を守るために同僚を殺した疑いのある刑事は、晴山と同じ課の二十八歳の男。事実が露見しそうになると、本庁の刑事部のトイレで拳銃自殺した。そんな悲劇の当事者だったらしい晴山が負った心の傷は、どんなに想像しても想像が追いつかない。

晴山は長くつらい季節をくぐり抜けて、今も刑事を続けている。そう思うと自然に尊敬の念が溢れ出た。あまりに未熟な自分にできることは少ないが、力になりたい。だからこそ、こういう難事件に直面すると不甲斐なさで泣きたくなった。その夜も虚しく更けるだけか、と打ちひしがれているところに、予想もしない事態が追い打ちをかけてきた。

「総監から、直々のお達しが」

捜査本部のデスク担当の刑事が、引き攣《つ》ったような顔で全員に告げた。

「インド政府が……日本の警察の対応を非難する声明を出したそうです」

鈍い衝撃が、刑事たちにボディーブローを喰らわせた。

シャンカール氏の財力と名声は出身国にも恩恵をもたらしており、英雄扱いされているらしい。彼のようなＶＩＰがこんな目に遭い、打開策もない。日本はなんと恩知らずなのか、国力を上げて彼の娘を取り戻せ。インドの権力者たちはそう憤激している。日本政府が泡を食って警視庁に発破をかけてきたことで、警視総監が直々に捜査本部に指示を寄越したというわけだった。

「女児救出に全力を上げよ」

警視庁のトップの命令は虚しかった。そして、なんの足しにもならなかった。だれかがテレビをつけると、警視総監その人が、マスコミに対してさらなる捜査員の投入を約束していた。いかにも外面を取り繕った対応で、遥は鼻で笑ってしまった。むやみに人員を増やしても効率が悪くなるだけだ。そもそも新たに入ってきた刑事に事態を説明している暇がない。その間にも樹里ちゃんの生存確率は下がってゆく。

「シャンカール氏が自分で、インド政府に圧力を依頼したんじゃないか」

晴山は放言した。そんなことをしかねない男だと感じている。あの大富豪に好感を持つことはどうしてもできないようだった。

「みんな全力で捜査してるのに」

遥の声も震える。現場の苦労も知らずに非難する人々に腹が立った。だが他の刑事の顔を見れば、自分には愚痴を言う資格もないと思わされた。だれもが余裕をなくしている。もう夜中だし、できることなどない。品川署の大会議室を右往左往する男たちの力

になりたいが、遥も虚しく晴山の周りをうろちょろするしかなく、

「小野瀬。邪魔だ。寮に帰って寝ろ」

そう命じられてしまった。

「でも……何かできることが」

「ない」

晴山はきっぱり首を振る。

「体力温存も仕事だ。明日も思いっきりどさ回りしてこい」

「主任」

遥はこみ上げるものを堪え、顔を伏せて捜査本部を出た。命令通りにするのが良い部下。たしかに、夜が明けてからでないと聞き込みには回れない。となると今は寝るしかないのだ。まだ本部に残る様子の木内刑事にも断って、泣く泣く寮に帰った。

自分の実力のなさが情けない。横になっても眠りは一向に訪れなかった。襲い来る突発事の連続に興奮しきっていて、神経が眠気をはじき飛ばしてしまう。こんなときに特効薬はない。久しぶりにアロマを焚き、クラシック音楽を流してホットミルクを飲んだ。まったく効果がなくて寝返りを繰り返した。腹が立ってアロマも音楽もやめた。捨て鉢な気分で布団に戻ったところで、ようやく訪れた眠気は暴力的だった。隙をうかがっていた暴漢のように。

3

気づけば遥は、夕暮れの中にいた。東京の郊外のような風景。それとも地方都市か。子供の頃に一度だけ行ったことがあるような、そんな町。

これが夢だということは、意識の片隅で理解していた。それでも遥は、溢れ出す懐かしさに酔った。道の先におばあちゃんの姿を見つけられたのだ。鄙《ひな》びた商店でなにか買い物をしていた。遥の方を振り返ることはなかったが、それは遥に気づいていないということではない。背中で何かを伝えてくれている。そう感じた。

母方の祖母の名前は利恵《としえ》。十年ほど前に亡くなった。遥が大好きなおばあちゃんだった。住んでいる東北の片田舎に毎夏、遊びに行くのが楽しみだった。利恵おばあちゃんは遥を連れて野山を歩いては、あの野草はなんという名前で、食べると美味しいんだと言って採るのを手伝わせた。実際に煮たり揚げたりして食べると信じられないほど美味しかった。東京では味わえない新鮮な山の幸は遥にとって驚異だった。山にいる虫たちは元気がありすぎたり数が多すぎたりで最初は怖かったが、すぐ慣れた。おばあちゃんのように平気な顔をしていれば、虫たちの方も遥と対等につきあってくれる。そう学んだ。

いまおばあちゃんは、何を売っているかも分からないような小さな店の中にいる。話しかけることはできなかった。言葉を発したら、この世界が壊れておばあちゃんも消えてしまう気がした。

遥は目を開けた。そして苦笑いする。やっぱり夢だった……それでも、姿を見られただけで胸が温まっている。窓の外はまだ暗かった。遥は布団の中でおばあちゃんの面影を反芻する。山深い集落におばあちゃんの家はあった。遥が生まれる前におじいちゃんは亡くなったので、一人暮らしだった。

おばあちゃんは凄い人だった。微睡《まどろ》みの中で、遥はしみじみ思う。野山のことをなんでも知っていた。どこでなんの動物に会えるか。空を見ただけで明日の天気がどうなるかも分かる。頼りになる道案内で、おばあちゃんの後をくっついて歩いていれば間違いなかった。毎日必ず新しい発見がある。

山の中で迷子になった日を思い出した。怖くはなかった。おばあちゃんの姿を見失うのは初めてではなかったのだ。探しに来てくれるのは分かっていたし、林の上には太陽が明るく照っていた。川のせせらぎが聞こえて、遥の足は自然にそちらに向いた。やがて広い河原に出た。ここはたしか、去年も来た。おばあちゃんと一緒に。

河原のどこを見渡しても、今は人影がない。でもこんな開けた場所にいれば、あたしを見つけるのも簡単。おばあちゃんが探しに来るのをここで待っていればいい。そう思いながら、川に沿ってしばらく歩いた。迫《せ》り上がった丘状の岩に突き当たる。上から滝が落ちていた。ここには来たことがない！　遥ははしゃいだ。生まれて初めて滝を見るのだ。飛沫が陽光を反射してきらきら輝いていた。小さな虹も架かっていた。滝の向こう側を見通すと、暗い洞穴が見えた。

遥はどきどきしながら奥を覗き込む。児童文学やアニメでは、こういう穴に宝物が隠されているものだからだ。滝を越えて穴の中に入れたら、なにか見つけられるかも知れない!

洞穴の中を何かが動いた。小さな影。

それは、子供に見えた。

遥は目をこすった。そしてもう一度目を凝らす。

見えない。奥へ逃げてしまったのか? 遥に覗かれていることに気づいたから。追っかけたい。一瞬なので断言はできないが、小さな子に見えた。自分より歳下、小学生になるかならないかぐらいの。一人で冒険をしている最中だろうか。それとも、猿かなにかと見間違えた? いや違う。明るい色のシャツを着ていた。男の子だという印象も受けた。なのにもう見えない。

遥は川の中に足を入れた。そのまま滝に向かって進む。話しかけたい。どうしてそんなところに一人でいるのか知りたい。でも、滝の勢いに負けずに向こう側へ行けるだろうか? 小さな男の子でも行けるなら、あたしでも行けるはず。河面《かわも》を見ると底が見えているから、そんなに深くはない。大丈夫。遥は歩みを進めたが、清流のとんでもない冷たさに足が麻痺し始めた。こんなに冷たいの? 辿り着けるかな。身体をぶるっと震え上がらせながら、遥はそれでも前に進んだ。

「遥。ダメだよ」

背後から声が聞こえた。

振り返ると、おばあちゃんがいた。

こんな怖い顔のおばあちゃんは初めてだった。

「帰ってこられなくなる」

おばあちゃんが言い、遥は首を傾げた。足から伝わる水の冷たさが、ふいに脳天まで突き抜ける。

「でも、子供が……」

遥が言うと、

「あの子は、死んだ子だよ」

いまでもはっきり覚えている。それくらい鮮烈だった。

そのあとのことは、不思議によく覚えていない。たぶんおばあちゃんに素直に従って、引き返して河原に戻り、一緒に家に帰ったのだろう。

この出来事は、その後あまり思い出すことがなかった。子供の心にはそれほど特別なことではなかったのか。よく思い出すようになるのは中学生になってからだった。朝方の夢の中で、山の奥に入ってゆくおばあちゃんをよく見るようになったのが中学二年の一月。必ず自分から遠ざかっていき、消える。しかも決まって空は黄昏れていた。辺りの景色は暗い橙色に染まっていた。そして微風が吹いている。優しくて懐かしい風。

毎朝のように同じ夢を見るので、遥は不安になった。それでもおばあちゃんに電話しようとしなかった。風邪一つ引いたことがない利恵おばあちゃんの健康を気にするなんて笑われるだけ。豊かな山と川の恵みがおばあちゃんを元気にしてくれている。真冬であろうと、今日も活発に雪山を歩き回っている。そう疑わなかった。

おばあちゃんが遥に別れを告げていたのだと思い至ったのは、葬式が終わってからだった。信じられなくて、遥はずっと麻痺していた。一切の感情が消え失せたかのように。

葬儀場のトイレで鏡を見て、自分の口が開き、目が虚ろなのに気づいた。瞬きを繰り返す。急激に全てが現実感を持って押し寄せてきた。

「お前は、優しいからね」

ふいに甦った言葉。あの日だ。滝の向こう側に行きかけたあの日。

「連れて行かれちまわないように気をつけないと。まだ慣れてないんだから」

おばあちゃん……あれはどういう意味だったの？

もう訊くこともできない。慣れてない。あたしが？　当然だろう。〝死んだ子〟に慣れている人間なんかいない。

でもおばあちゃんは、慣れている様子だった。

もっとおばあちゃんと話しておけばよかった。鈍い後悔が遥を苦しめた。慣れるか慣れないかの問題だとしたら、おばあちゃんは自分を、同類の人間。〝死んだ子〟を見ることができる仲間だと思っていた、ということか。

もしおばあちゃんと自分が似ているとしたら、嬉しい。これは血。一族に引き継がれるもの。おばあちゃんはそう言いたかったのか？　ならばお母さんも同じような質《たち》なのだろうか。病弱で気も弱い、他人が苦手な母と遥は、ごく普通の親子関係ではあるとは思うが、正直言って強い絆を感じているとは言いがたい。母は遥よりよほど引っ込み思案で、喋らない女だった。娘には優しいが、調子が悪いときは放っておかれることも多い。

母親とは取り立てて、おばあちゃんのことを話したことがない。母親におばあちゃんのような神々しさや、特別さを感じたことはない。人に見えていないものが見えている様子もない。

だが分からない。確かなことは言えない、と遥は思った。血の繋がった女同士だ。自分の中にどんな力がある？　大して不思議な体験をしてきたわけでもない。おばあちゃんとの記憶に絡んで、いくつか奇妙なエピソードがあるだけ。それもみんな、時間が経ってしまえば「ただの夢」で片付くようなことばかりだ。

追憶と微睡みを繰り返しているうちに空が白んできた。遥は呻きながら布団を出る。今朝の捜査会議の時間が近づいてきた。気持ちを切り替えて事件にぶつからなくては。簡単な朝食を腹に詰め込んで、品川署に出向くと会議室のドアをくぐる。

すぐ気づいた。男たちの臭いが饐《す》えている。家に帰らないのはもちろん、風呂にさえ入っていない刑事もいる。それくらい余裕がないのだ。

状況は変わっていない。刑事たちの憔悴の色だけが濃くなっている。それでも、笹原と晴山の目が死んでいないのは驚異だった。遥は奮い立つ。力になりたい。どうしても。

「小野瀬」

遥に気づいた晴山が呼び寄せた。

「建設会社の二人を唆《そそのか》した何者かがいる」

早口で言われて、遥はハッとした。

「それは、どこからの情報ですか？」

「いや。俺の勘だ」

晴山は言い切った。疲労が右の瞼を派手に痙攣させている。

「だが、シャンカール夫妻と三田建設の従業員たちとの繋がりがまったくない。なさ過ぎるんだ。てことは、間にだれかが入った」

「はい。しかし……」

そもそも、それがだれかがまったく判明していない。

「考えろ。俺の方でも、なにか分かったら連絡する」

気になる荷物を持たされたような気分だった。だがそこで、会議室内に刑事たちが揃った。晴山は男たちの方に向き直る。

「おはようございます。みなさん、ここが踏ん張りどころです」

インド政府の非難声明や警視総監の発破についてはあえて繰り返さない。晴山はただただ仲間を激励した。

「地道な鑑取りを続けてください。言うまでもないが、樹里ちゃんの無事が最優先です。一刻を争うので、新しい情報はすぐデスク担当に報告して共有のこと。では今日もよろしくお願いします！」

真っ赤な目で刑事たちを鼓舞する。男たちは意気に感じて、凄い勢いで東京各地へと繰り出していった。遥の相方の木内刑事も同じだ。遥とともに駐車場に向かう足取りは確かだった。朝のうちは元気だったのだ、確かに。

4

昼過ぎ、なんの成果も上がらない聞き込みに切りをつけて、腹ごしらえのために入った中華料理屋で、席に座ってチャーハンを一口食べたところで木内は動かなくなった。見ると、大量の汗が額に浮いている。

「木内さん？　大丈夫ですか」

反応がない。虚ろに宙を眺めているだけだった。何度か名前を呼んでいるうちに、木内の目に光が戻ってきた。

「……ああ、すまん」

そう言ったが、恐ろしく小さな声だった。そしてしたたり落ちる滝のような汗。ただごとではなかった。

「木内さん、無理です」

遥は即断した。

「家に帰って休んでください」

「いや……大丈夫だ」

木内の口からは蚊の鳴くような声しか出ない。

「大丈夫じゃありません。立てますか？」

木内は立とうとした。立てなかった。立てない自分に愕然としていた。

「待っててください。車回してきます」

遥は近くに駐めていた車を店の前につけると、肩を貸してどうにか乗り込ませ、有無を言わさず木内を武蔵境の自宅まで送った。木内は抵抗したが、

「ダメです。捜査本部には適当に言っておきます」

そう毅然と言い渡し、木内を諦めさせた。歳も歳だ。自分の体力を過信していたことを思い知らされたようだった。疲労のピークで、起きたままブラックアウトのような状態に陥ってしまった。

「たまには若者に頼ってください。じゃ、また明日」

さあ、ベテランに頼らず、あたしも独り立ちするときだ。遥はしかし途方に暮れた。

いったいどこへ向かえばいい。

木内さんだけではない。捜査本部の全員が限界と闘っている。路頭に迷いながら、それでも自らの経験と勘だけを頼りに捜査を続けている。そして樹里ちゃんは今この瞬間も命の危機に抗っている。

「小野瀬。建設会社の二人を唆した何者かがいる」

晴山の言葉がフラッシュバックした。その通りだ。だがどこを辿れば、その何者かに辿り着けるのか。脳が勝手に高速計算を始めた気がした。追いつめられないと発動しない非常回路だ。自分ではコントロールできない、ただの空回りに過ぎないかも知れないなにか。だが、強烈な閃きに似たなにか。

未明に見た夢の中のおばあちゃんの姿が甦った。鄙びた店でなにか買っていた……あの店の奥には、店主らしき人間が座っていた気がする。椅子に座り込んで動く様子もなかった。暗い陰に隠れて、顔も性別も分からない。

三田建設の社長に会いに行こう。ストン、とそう思った。

もう一度、あの脳梗塞明けの、身内の犯罪に打ちのめされている男にぶつかる。無意味な行為かも知れない。相手には迷惑なだけかも知れない。だが勘が囁いている。はっきりどこがどうとは言えない違和感がある。自分がたった一人で行って何を摑める？　まったく分からないまま、遥は三田建設のある東京の最西部に向かった。自分に戸惑いながら、運転する車は午後三時過ぎに目的地に着いた。

迷ったが晴山に連絡はしていない。負担を増やしたくなかった。事後報告すればいい。

空き地を見つけて車を駐め、三田建設まで歩く道すがら、まるで親戚宅を訪れるような気持ちになっていることに気づく。傷ついた年配の人に寄り添いたい。前回の三田社長の事情聴取に立ち会えていて幸運だった。突然見知らぬ刑事が訪ねるわけではない。社長にとっても遥の訪問はそれほど意外ではないだろう。

電話を取るのも難儀そうな社長にアポ電を入れる気にはならなかった。そもそも刑事は、意図してアポをとらないことも多い。相手の意表を突くことで意外な素顔を見られるからだ。地元署には目を離すなと依頼してあるが、二十四時間監視しているわけではない。もし、三田建設の周りで刑事や制服警官に出会ったら素直に説明するだけだ。改めて社長に話を訊きに来たと。

心を込めて訊けばきっとなにか返ってくる。そんな気がした。社長のいかにも無防備な、人好きする顔を気に入っていた。三田さん。どんなヒントでもいいんです、教えてください。そう言おうと思った。

警察官に会うどころか、通行人にも会うことなく事務所に着いた。ドアを叩くが反応がない。無理もないと思った。出社する気にならないのだろう。きっと自宅の方にいる。

裏に回って自宅のドアのベルを鳴らした。すると意外に早い反応があった。社長が玄関に出てくる。遥の顔を見ると、ひどく驚いた顔をした。

「三田さん、すみません突然に。先日もお邪魔しました、警視庁の小野瀬です」

三田社長は拒むように首を振った。違和感が強烈に高まる。以前会ったときの人畜無害な印象がない。顔にあるのは疑いと憎しみだった。どうしたんだ？

三田の視線に揺らぎを感じた。遥の目を見つめたと思うと、ふいに突き抜ける。あたしの後ろ？　ビクリと振り返った。

だれもいない。

おかしい、と思った。遥自身、たしかにだれかの気配を感じたのだ。あたしの神経は鋭くて、潜んでいる気配を感じるのが得意。内心そう自負していた。警察学校での対人訓練のときもそれだけは教官に誉められた。暗闇での格闘訓練でも相手方が何人いるか当てられた。ただし格闘術については評価されなかったから、実際に敵と渡り合えるわけではないのだが。

遥は瞬時にあちこちを見た。視界の隅に何かが引っかかる。細い後ろ姿が網膜に焼き付いた。女性？　一瞬で路地の向こう側に消えてしまう。

後を追おう。だれか確かめるんだ。

できなかった。衝撃が遥の後頭部を襲ったからだ。何かが壊れる音……視界に黒い破片が散り、すべてが闇に包まれた。

5

気がつくと遥は十字路の真ん中に立っていた。

いつの間にこんなに暗くなったんだろう。まだ日は沈んでいなかったのに……いま何時だ？　腕時計を見ようとした。だが暗くて文字盤が見えない。

なにかがおかしかった。記憶が飛んでいる。相棒の木内さんがグロッキー状態になって、自宅まで送り届けた。それは覚えている。それからあたしは、どこかに向かった。だれかに会うためだ。そして……どうしたっけ？

あたしは聞き込みに戻ったのだろう。目の前に広がる見知らぬ町並みがそれを証明している。迷ったらしい。聞き込み中に、町中で？　で、ちょっと気を失ったのか？

ここがどこか確かめないと。遥は歩き出した。それにしても特徴のない町並みだ。住宅街にしては明かりが少ない。暗い橙色の霧に包まれているかのような景色。ふいに足を止めた。道の先にだれかいるのに気づいたのだ。

「……おばあちゃん？」

言ってから、自分はどうかしてしまったと思った。だがシルエットがおばあちゃんそのものだ。小柄。優しい撫で肩。どことはない威厳。

人影は歩き出した。ように見えた。揺らめくように夕闇に溶け、すぐ見えなくなった。

遥はあわてて駆け足になった。だめだ、いない……肩を落としていると、続く道の先に明かりが見えた。

優しい四角形。開放された扉と、中から漏れ出してくる光。遥は引き寄せられた。あれはもしや……予感は確信に変わった。近づいていくとやはり交番だ。こんなところに！ なんて運がいいんだろう。

「よくおいでなさいました」

遥はハッとした。交番の出口に制服警官が立っていた。声をかけられるまで気配も感じなかったのに。

「あ、き、勤務お疲れさまです」

遥はあわてて答える。

「わたしは、本庁の小野瀬と言います」

制服警官は穏やかな笑みのまま頷いた。まるで先刻承知のように。

「すみません。ここはどこですか？ ちょっと、道に迷ってしまったみたいで」

遥は丁寧に訊いたが、妙な答えが返ってきた。

「ここは、派出所です」

「派出所？」

だから、どこの？ と訊こうとして、派出所という言葉の方に引っかかった。派出所という言葉は最近めっきり使わない。三十年近く前に正式名称が「交番」とされたのだ。

派出所という言い方も間違いではない。だが年配の一般人が言うならともかく、ここにいるのは若い警察官だ。

「ここは、交番ではない？」

遥の問いに対する答えは、

「はい。ここは黄昏派出所です」

というものだった。

「たそがれ……」

そんな名前の町があるのか。遥は不安になった。どうもおかしい。

遥は交番の上についている文字を読もうとした。確かに「派出所」とあった。だがそれ以外の字は、上部の笠が影を作っているせいでよく読み取れない。文字は木の板に記されていた。古き良き時代の空気が鼻先をくすぐっている。遥は一度目を閉じ、それから、

「あなた、名前は？」

意を決して訊いた。

「わたくしは、名もないお巡りさんです」

相手はそう言った。

悪寒が背筋を撫でた。そんな返答を寄越すお巡りさんはいない。

「仕事は主に、道案内です。この辺りには、迷い込んでくる人が多いので」

この感覚……初めてじゃない。遥の意識は瞬時に子供時代に戻った。あのときの空気だ。滝の向こうに男の子が見えた瞬間。ふらり、と近寄りそうになったとき引き留めてくれたおばあちゃん。

そのおばあちゃんが亡くなったとき、遥を撫でた不思議な風。遠く離れていても感じられた別れの気配。またあの風を感じている。いや、ここにはあの風が満ちている。

ああ……と思わず声が漏れた。あたしはこの町に来たことがある。しかも何度も。

警官は頷く。遥の気持ちを読み取ったかのように。そして言った。

「わたくしでよければ、力になります」

ひどく親身な声だった。

「どうなさいましたか」

「あたし……死んだの？」

遥は訊いた。いまいちばん知りたいことだった。

すると制服警官は、静かに首を振った。

「ここは死後の世界ではありません」

柔和な笑みはそのまま。こちらを安心させようとする気遣いを感じた。遥は相手の顔をまじまじと見る。

「まあ、だからと言って、ふつうの人が住む世界とは、言えないかも知れません」

笑みが曖昧になる。その顔はずいぶん若い。肌がつるんとしていて、まだ二十歳前後と思われた。だが、この不思議な頼り甲斐。この歳の警察官にはない包容力がある。そう、お巡りさんだ。子供の頃、近所の交番にいた制服警官のような。貫禄があるのに威圧感がない。どこまでも親切で、どこまでも庶民の味方。

「お願いだから、本当のことを言って」

遥は腹の底から訴えた。この青年なら怖くない。なにを訊いても。

「あたしには、時間がないの。小さな女の子が誘拐されて……早く助け出さないと」

「そうなんですか」

お巡りさんは目をまるくした。

「誘拐犯は死んじゃったり、意識不明になったりして、女の子の隠し場所が分からない。もう四日目。分かる？　この意味」

「分かります」

お巡りさんは顔を引き締め、無線を取り出した。なにか喋り始める。それから、耳に刺したイヤホンに指を当てた。上司の指示を聞いている様子だ。まるで本物の警察官のように。遥は自信がなくなる。辺りを見回すが人影は一切ない。こんなに淋しい町に、そもそも道案内など必要なのか？

「わたくしの上司も、樹里ちゃんの行方を捜しているそうです」

ふいに言った。女の子の名前をなにげなく口にした。

「あなたの上司？　だれなの？」

遥は怒ったように訊いてしまう。

「黄昏署刑事課の、刑事さんです」

「黄昏署？」

そんな署は聞いたことがない。

「あるんです」

お巡りさんは笑顔で強調した。

「警視庁一〇三番目の署です」

馬鹿な。張っていた遥の肩肘から力が抜ける。東京にある警察署の数は一〇二だ。

「どこにあるのよ？」

質問ではない。文句だった。冗談もいい加減にして。するとお巡りさんの恰好をした青年は、

「住所は秘密ですが、凄腕の刑事さんが揃っています」

と胸を張った。遥は地面が消えたような不安に駆られる。

「罪人《つみびと》を、どこまでも追いかけて確保します」

「そんなの嘘。なんの冗談なの？」

あたしは自分の頬をつねるべきだろうか。

「ところが、難航しているそうです」

青年は眉を顰めた。イヤホンに聞き入る。それから言った。

「凄腕揃いなんですが、どうやら、大物の犯罪者が関わっている可能性が……そいつが、巧妙に、樹里ちゃんを隠してるのかも」

上司に言われたことをそのまま口にしているようだ。

「大物の犯罪者？」

さっきから鸚鵡返しに訊くしかない自分が馬鹿に思えた。

「なにそれ。ヤクザ？　マフィア？　それとも、権力者のこと？」

お巡りさんがそう口にし、遥はこの場から逃げ出したくなった。

「あなた方のほうからは見えない。だから、捜査が難航するのも当然なんです」

「こっち側の存在です」

「全然分かんない！」

遥は声を荒らげてしまう。限界だった。

「いいから教えて！　樹里ちゃんはどこにいるの？」

お巡りさんの肩を摑んだ。触れた。触れるんだ、と思った。相手は生きた人間だ。

「樹里ちゃんは隠されている。でも、隠れているとも言える」

お巡りさんの顔つきが変わった。遥は思わず手を離す。生きた人間だという自信が一瞬で失せる。この青年は本当に、上司から言われていることを口にしているだけか？

本当は無線はどこにも繋がってないんじゃないか。

「小野瀬さん。共犯者に話を訊いてください」

だが、口調の真実味。それ以上に、思いやりを感じるのだ。この青年警官は嘘なんかつかない。遥は、自分の確信が怖かった。

「共犯者は、やっぱりいるのね？」

遥が思わず言うと、お巡りさんは人差し指を縦にして自分の唇に当てた。

「しーっ。聞かれるとまずい」

は？　だれに？

「まさか……」

共犯者がここにいるってこと？　遥は辺りに目を配るがなにも見えない。

「あなたは忘れているかも知れませんが」

お巡りさんは遥の目を覗き込んできた。

「なぜあなたがここに来られたのか。それを思い出してください」

「どういうこと？」

意味が分からない。ふいに痛みを感じた。頭の後ろに手をやる。なにかにぶつけたような痛み。いや違う、ぶつけられた。そうだ……後ろから殴られた。何かの破片が頭の周りに飛び散ったのも見た。だれにやられた？

思い出しそうだ。

「あなたが襲われたおかげで、あなたはここに来られた。でももう戻るときです」

お巡りさんはあくまで笑顔だった。

「戻ったらすぐ、あなたを襲った相手と喋ってください。その人は敵ではない」

「なにを言ってるの？」

遥は瞬きを繰り返した。目の前の青年がよく見えない。

「その人は全てを知っています。しっかり話せば、あなたは樹里ちゃんを見つけられる」

風が変わった。遥はそれを、はっきりと感じた。耳に、頬に、鼻先に吹きつけてくる。違う……と気づいた。吹きつけてきたんじゃない。自分の方が風の中に入ったのだ。

「小野瀬遥さん。あなたはやり遂げる」

声の主は今や、ぼんやりした影でしかなかった。目を凝らしても遠ざかってゆくばかり。風が自分を連れ去り、元いた場所へと戻そうとしている。

「また会いましょう」

耳に残ったのはその声だけ。まったく違う声が被さってきて、遥は顔をしかめた。それは胸に迫るような嗚咽だった。たまらない。耳を塞ぎたくなる。

「ああ、あんた……」

嗚咽が止まった。上がりかまちにもたれかかるようにしていた三田社長が、身を乗り出してくる。遥の顔を見つめた。その目は泣き腫らし、頬は涙にまみれている。

それで遥は、自分が目を開けたことに気づいた。いままで閉じていたのだ。玄関にひっくり返っていた。

「だ、大丈夫か……殺してしまったかと思った」

遥は理解した。そう、あたしを襲ったのは社長。身を起こして気づく。玄関に散らばっているのは土塊《つちくれ》。そして、割れた鉢の破片だった。社長は玄関にあった植木鉢を持ち上げて、あたしの後頭部にぶつけたのだ。

痛みのある箇所に手をやるとヒリヒリする。触った自分の指を見ると血がついていた。だが傷はそれほど深くないようだ。少し眩暈がするだけで、立てる。実際に遥は立ってみせた。三田社長が安堵したような、気圧されたような表情になった。

「動けたんですね、三田さん」

遥は冷静に指摘した。

「病気は、本当にされたんでしょう。でもいまは、そこまで不自由じゃない」

「麻痺が残ってるのは、本当だ」

三田は言った。観念したように。

「だが、少し大げさに……動けないように、見せていた」

「いま、ずいぶん素早かったですもんね。痛かったです」

遥は後ろ頭を押さえながら笑ってみせる。

「悪かった」

社長はうなだれた。遥は、ただ哀れに感じた。

「その人は全てを知っています。しっかり話せば、あなたは樹里ちゃんを見つけられる」

声が耳に残っている。はっきり覚えていた。あたしは黄昏派出所に行った。そこでお巡りさんに教わったのだ。

「三田さん。あなたは、本当は、誘拐事件の真相を知っていた」

三田はますますうなだれる。

「教えてください。いま、外にいて、逃げていったのは……だれですか」

核心を突く。

三田は瞬きを繰り返した。涙か汗か分からないものが顔を光らせている。

6

『どうした？　小野瀬』

電話口の上司は毅然としている。何日も寝ていないとは感じさせない。改めて尊敬しながら、遥は切り出した。

「主任。一緒に行っていただきたい場所があります」

『なに？　どこだ』

「シャンカールさんのお屋敷です」

『どうしてだ』

晴山は意表を突かれたようだったが、冷静に訊いてきた。

『なにが狙いだ？』

「それは……相手に直接、確かめたいことがあって」

『あのおっさんは、厄介だぞ。怒らせると政府に告げ口するような奴だ』

「いえ。確かめたいのは、彼ではなく」

『……じゃあだれだ』

「奥さんです」

伝わるように、遥は少し間を取った。

「紗央里さんに話を聞きたいんです。ぜひ、お願いします」

『小野瀬。お前、なにを摑んだ』

「分かりません。ただ、どうしても話す必要があります。紗央里さんと」

『信じていいのか？』

晴山が固唾を呑んでいる。

「主任」

遥は、真心を伝えたかった。

「樹里ちゃんを救うためなら、全ての可能性を探る。そうですよね？」

『ああ』

「やらせてください。奥さんに会いたい。主任が行ってくださらなければ、あたし一人でも行きます」

『一人？　木内さんはどうした。彼の意見は？』

「木内さんは具合が悪くなったので、自宅で休んでいただいています」

『なに？』

晴山は絶句したが、詳しく説明すると、

『……分かった。シャンカール邸の前で合流しよう』

そう決断してくれた。

「ありがとうございます」

電話の向こうの晴山に深々と頭を下げる。ふっと、夕暮れに包まれた町の懐かしい匂いがした。遥の口許が、思わずほころぶ。

「その前に、一つお願いが。SSBCに正式に要請をお願いしたいんです」

『ほう。なんだ？』

戸惑う晴山に、遥は詳細を告げた。

7

「シャンカールさん。お話があります」

邸宅のドアベルを押すと、インターホンにまず家政婦が、続いてシャンカール本人が出た。

『捜査に進展が？』

「ありました」

晴山は平然と言った。遥に目配せする。

『お話しできますか』

門のロックが解除され、二人は邸宅に踏み入った。玄関を開けてくれた家政婦が客間へと案内してくれる。

シャンカール氏は、特徴的な大きな目を晴山に、それから新顔の刑事に向けてきた。初めて本人に会う遥は、その瞳に憔悴と苛立ちを読み取った。

「なにが分かったんですか。樹里の居場所が？」

流暢な日本語。晴山はそれには答えず、

「奥様は、いまどちらに」

と訊いた。シャンカールは虚を突かれて目を見開く。

「部屋で休んでいますが？」

「間違いありませんか」

遥は思わず詰めた。まだ自己紹介もしていない。シャンカールは遥を睨みつけた。なんだこいつは？　と問うように晴山を見やる。

「部下の小野瀬と申します。今回、同席させていただきます」

遥は深く頭を下げた。インド人実業家は尊大さと怯えが混じった表情になる。遥は構わず問い続けた。

「奥様は今日、外出されていませんか？」

「していない」

夫はぶっきらぼうに答えた。

「確かですか？　今日は、お話しになりました？」

「いや。顔は見ていないが」

シャンカールの顔が歪む。

「具合が悪いから、寝ている。出歩けるような状態ではない」

「ほんとうに？」

「家政婦に聞けば分かる」

返答に苛立ちは隠せなかった。

「食事を持って、部屋に入っている」

「お話を聞かせてください」

「…………」

シャンカールは無言で手を広げ、廊下を進むことを許可した。

二人の刑事は奥に入る。まず家政婦の部屋に行った。さっき迎えてくれた五十歳ぐらいの女性がまた出てきた。ふくよかな体型で眼鏡をかけている。彼女の導きでさらに奥へ進んだ。この家政婦さんが誘拐犯に襲われて樹里ちゃんを奪われたのか。遥は表情を観察するが、心を閉ざすようなしかめ面だった。警察のことが嫌いなのか。事情聴取をしたとき署員がきつく当たってしまったのかも知れない。家政婦は手慣れた様子で、奥の部屋のドアを叩いた。

「奥様?」

微かな返事があり、ドアを開けて中を覗き込むと、紗央里はベッドから身を起こしたところだった。刑事の姿に気づいて顔が曇る。その顔は青白く、眼差しには力がない。細い四肢は弱々しかった。元々痩せているのだろうが、今は栄養が足りていないようにしか見えない。

「紗央里さん。今日は、外出されていましたね?」

だが遥は鋭く問うた。紗央里ではなくシャンカールが目を剝く。

「本当か? どこへ?」

だれにともなく問う。紗央里は怯えたような目で見返してくる。

「奥様は、外出なんかされていません」

震える声で抗議したのは家政婦だ。

「あなた、お名前は?」

遥が訊くと、

「本間《ほんま》です」

と怒ったように答えた。遥は動じずに言い切る。

「紗央里さんは今日、外出しました」

「いいえ。ずっとこちらに」

本間の答えは頑なだった。晴山が心なしか悲しげな目をしている。

「間違いありませんか？」

「間違いありません」

「申し訳ありませんが、それは嘘ですね」

遥はごく冷静に告げた。

「すみません。ご自宅周辺の防犯カメラを、急ぎ解析しました。今日の分です」

すると、紗央里と家政婦が同様に目を伏せた。

「奥様は邸宅の外に出て、タクシーに乗り込んでいます。本間さんがそれを見送った。しっかり記録されています。間違いありません」

二人の女は頷かない。

「紗央里……お前！」

インド人が爆発した。

「なにをやったか分かってるのか！　樹里を……どこへやった！」

真実を察したようだ。それで遥も確信した。この夫は、内心では妻を疑っていた。だがそれを表に出せなかったのだ。

「こんなことをして、ただでは済まないぞ！　国際問題になった！」

夫は我を失って絶叫した。

「違います！　なにかの間違いです！」

家政婦があくまで言い張った。怒号が飛び交う中、

「落ち着いてください」

晴山が厳しい声で遮る。それから、紗央里に向かって問うた。

「奥さん。樹里ちゃんがどこにいるか、教えていただけますか」

紗央里は聞こえていないように無反応だった。言わなくてはならない。遥は前に出た。

「紗央里さん。三田さんが、打ち明けてくれました」

静かに告げる。

「三田さんとあなたは、知り合いだと」

紗央里が初めて、目をいっぱいに見開いて遥を見つめる。

家政婦が泣き崩れた。

8

「旦那への不満か。それで、ここまで大胆な事件を起こすかね」

晴山は子供のように口を尖らせた。これだけ振り回されたのだから愚痴る権利はある。

遥は精いっぱい笑いかけた。

「夫婦仲は、ずいぶん前から破綻していたんですね……ところがシャンカール氏には、離婚する意志が全くなかった」

「ああ。日本人の妻がいるということがよほど得だったんだな」

紗央里が、我が子の居場所を告白してから丸一日が経った。答え合わせの時間だった。晴山と遥は昨日、別々に事情聴取を担当したのだった。晴山は本間家政婦に。そして遥は紗央里に話を聞いた。

これほどの大事件の容疑者の取り調べを、遥のような若手が任されることはない。普通ならば。功績が評価されての特例だった。紗央里の犯行を突き止め、半落ちさせたのは小野瀬遥。ならば完落ちまで任せてみよう。晴山が主張し、笹原警部が認めた。ただし笹原警部が遥に同席し、しっかりお目付役を務めた。遥は勇んで紗央里に向き合った。

容疑は未成年者略取及び誘拐、身代金目的略取だったわけだが、相手は実の娘であり、そして娘本人も同意の上だったという事実から、監禁罪さえ問えなくなった。夫に対する詐欺罪、脅迫罪を主として問うことになる。

偽装誘拐がついに暴かれたことで観念したのか、紗央里は一貫して協力的だった。笹原警部の厚いサポートのおかげもあって供述は順調に取れた。だが遥は、取り調べを担当したことを後悔した。紗央里の話を聞けば聞くほど切なくなったのだ。

「紗央里さんが離婚を願うと、シャンカール氏は娘は渡さないと脅したそうです」

そして今も、晴山に話すだけで切なさは倍加する。

「法的手段に訴えられると、紗央里さんは旦那さんに叶わない。シャンカール氏には財力と社会的地位がありますからね。紗央里さんに勝ち目はない。それで、今回の犯行を思い立ったんです」

「実行犯との関係は？」

「間を取り持ったのは、実質、紗央里さんのお母さんでした」

摑んだ事実を直属の上司に伝える。そのことにははっきりと誇りを感じた。

「三田社長と、紗央里さんのお母さんは二十年前、同じ地区に住んでいて、親しく近所づきあいをしていた。しかし、互いにずいぶん昔に引っ越しています。双方がその事実を黙っていれば、記録が残っていないために、しかも紗央里さんのお母さんがすでに亡くなっているために、鑑取りでも繋がりが明らかにならなかったんです」

「ふむ。あの社長が情で動いた。紗央里さんと実行犯をつなぐ蝶番《ちょうつがい》になったんだな。具体的な犯行計画は、従業員に任せたにしても」

今朝の三田社長の取り調べにも立ち会えた遥は、強く頷いた。

「疑ってないわけじゃなかったが、三田建設の人間は社長と言わず社員と言わず、本当に評判が良かったからな。だれも悪いことを言わない。それが影響して、社長への追及も鈍ってた。しかもあの後遺症だからな……動けないふりなんかしやがって。おかげでお前が殴られた」

「たいした怪我じゃありませんでした」

後頭部にはガーゼを貼りっぱなしだが、もう大して痛みはない。三田が手加減してくれたのだと信じていた。遥を殺す気はなかった。時間稼ぎをしたかったのだ。

「ちょうどあのタイミングが、紗央里さんが社長んところを訪ねるタイミングだったとはな。お前には運もある」

「はい」

遥は素直に頷いた。そう、幸運としか言いようがない。なぜあの日あのとき三田社長を訪れると決めたのか。道案内のおかげだ、なんて言えるわけがない。

「社長のことを心配して。従業員が亡くなったお詫びをどうしてもしたくて、紗央里さんはこっそり邸宅を抜け出したんだな。家政婦の本間さんも最初からグルだった。みんなして、シャンカール氏を騙そうとしたわけだ」

「はい。三田さんも、狂言とは言え誘拐をやらせて、その従業員がパトカーに追われて亡くなってしまったことで、ひどい罪悪感に苛まれていた。それでも、紗央里さんと樹里ちゃんはどうしても守りたい。そのために、必死の演技で知らぬ存ぜぬを通したんです」

「ああ。それにしても驚いたな。樹里ちゃんが、あんな近くにいたとはな」

そう。樹里ちゃんは品川区のアパートの一室にいたのだ。シャンカール邸から一キロと離れていないところに。いや、普通に暮らしていたと言った方がいい。

「誘拐された子だとバレないように、外出するときはマスクと眼鏡と帽子で素顔を隠してたか。だが、呆れるよな。一人で何度もスーパーやコンビニに行ってたっつうんだから。七歳にしては背が高い方だが、にしてもなあ」

「しっかりと、狂言誘拐の実行中だという責任感を持って過ごしていました」

実際に樹里と会って話を訊いた遥は、小学二年生の女の子に強い印象を受けた。とても意志の固い子だった。刑事を前にして一度も泣かなかった。

「お母さんのために。そして自分のために。シャンカール氏から自由になるためには何でもする。そう決心していました」

「だが、この誘拐の落としどころは？」

眼差しが厳しい。底光りする瞳から、年季を重ねた刑事の凄みが放たれた。

「紗央里さんは、どう考えてた？」

「身代金は、あわよくば手に入れて、三田建設の資金にしたり、自分たち母子の生活費にできたらと思っていたようですが」

「甘いな」

晴山の断罪に、遥は自分のことのように胸が苦しくなる。だが彼女たちが希望を求めて、藁にも縋る思いで手を染めた犯罪だ。けなすことはどうしてもできない。

「いずれは真相を話すしかない。そう考えてもいたようです。ところが、三田建設の二人が事故に……それで全てが狂ってしまった。どうしたらいいか、まったく分からなくなったんです」

「あの日、こっそり三田社長のところへ行ったのは、今後の相談もしたかったんだろうな」

晴山が額を押さえ、遥は何度も頷く。

「そこまでして、旦那から逃げたかった……DVの疑いもあるな。シャンカールは本物のワルだ。もとはといえばあいつのせいだ」

晴山がそう言ってくれたのは、遥の泣きそうな顔に気づいたから。そんな気がした。だが検事や裁判官や、世間の人々が晴山と同じ感想を持つかどうかは分からない。それを思うと遥の気分は暗くなる。

「結局、従業員は二人とも亡くなったな……」

なおさら気持ちが沈んだ。重体だった従業員の方も息を引き取ってしまった。

「当然、会社も倒産だろうな。つらいな」

二人して言葉を無くす。

悲しい結末ばかりが待ち構えている。刑事になるとは、こういう現実に慣れること。犯罪を犯した側も犯された側も不幸になる、という真理を思い知ること。とうに悟ったつもりなのに、遥は慣れることがない。そのたびに新しい剣を心臓に突き立てられる。

「シャンカールと紗央里さんの離婚も決定的だ。樹里ちゃんは、シャンカールに獲られちまうだろう」

「そうかも知れません。でも、樹里ちゃんの意志ははっきりしています」

そこだけが希望だった。遥は力を込める。

「お父さんが嫌い。お母さんと一緒にいたい」

「樹里ちゃんはきっぱりそう言ってるんだな」

「はい。誘拐事件にも、迷いなく協力したと。お父さんから逃げたくてやった、そう言い張って、まったくぶれてません」

「強い子だ。裁判でも、あの子の言い分をしっかり聞いてもらえるといいが」

シャンカールはやり手の弁護士を雇える。金の力を使ってどんな汚い手でも使うだろう。狂言誘拐の加害者は、裁判では圧倒的不利。紗央里の側としては、シャンカールがどれだけひどい父親であったか。それを証明する以外にない。

「シャンカールは、初めから奥さんを疑ってた」

晴山はいまや完全に氏を見下していた。

「だが、自分の口からは言えなかった。身内の恥になるからな」

遥は何度も頷いた。事業家は評判が命だ。夫としてのプライドもあっただろう。

「紗央里さんは、旦那の弱みをうまく突いたんだな。従業員の事故さえ起こらなきゃ、どうなってたかな……」

「でも、狂言がばれないかどうか気が気でなくて、精神状態は限界だったみたいです」

遥はこみ上げるものを抑えながら言った。

「いちばんしっかりしているのが樹里ちゃんです」

「せめてもの救いか」

晴山が頭を振る。事件の全貌について話すべきことは、話した。互いにそう悟る。次は反省の時間だ。

「小野瀬、よくやったな。だが単独行動はダメだ」

しっかり戒める。部下の責任を負う上司として。

「いくら木内さんが倒れたからって、俺に相談することはできたはずだ」

自分が倒れそうだったことを棚に上げて晴山は言った。遥はすみませんでした、とひたすら下手《したて》に出る。すると笑みが返ってきた。

「それにしても、いい勘してるな。あのタイミングで三田社長を狙うとは」

「他に思いつかなかったんです。木内さんも倒れちゃって、破れかぶれになってて」

「理由はそれだけか？」

晴山の問いに、遥はうまく返せなかった。

「おまけにお前は、奥さんが怪しいと嗅ぎつけた」

「たまたまです」

三田社長のもとを訪れたとき、紗央里の姿をちらっとしか見なかったことは黙っていた。植木鉢をぶつけられて、追って確かめることなどできなかったのだ。

だが黄昏派出所のお巡りさんがヒントをくれた。不思議な町の奇妙な青年に導かれたと正直に告げたら、病院へ行けと言われるだけだ。正気を疑われたくはなかった。口を噤むしかないが、すると遥の直感や推理が評価されることになる。それは後ろめたい。

でも、今日だけのことだ、と自分をなだめた。あたしは二度とあそこに行けない。

「また会いましょう」

そんな声が耳に残っている。だが無理だ、そんなことは。あれは一度きり。ちょっとした奇蹟だ。夢ではなかったと信じているが、年月が経てば自分の中で整理されてゆくような経験。不思議なことがあった、というほのかな思い出だけが残る。滝の向こう側に見えた子供の記憶と同様に。

「よくやった」

煙るような目をした部下の顔を見ながら、晴山主任刑事は言った。

「少し休め。俺も寝る。今度こそ」

ふっふ、と晴山は笑った。

遥も笑った。晴山の笑い方を真似して。

9

遥は寮から一番近い商店街に来た。

短い休息を利用して日用品の買い溜めをするためだ。誘拐事件の捜査本部に詰める前から事件が立て続いていたので、洗剤やシャンプーや歯ブラシが切れていた。かなり多めに買い込む。でないといずれ自分が困る。そう分かっていても、いつのまにか切れているのだった。いかにも刑事らしい生活。そんな自分を笑いながら、雑貨屋、百円ショップ、スーパーと巡ってゆく。買いそろうにつれ、人並みの生活に戻れるというほのかな安心感も手に入れる。

あ、お米も切れてた。買わなくちゃ。商店街の外れにある米屋を目指して角を曲がり、あらっ、と思わず言った。

空が黄昏れている。まだ夕方じゃないのに。

あたしは寝ていない。だれかに殴られてもいない。買い物しながら路地を曲がっただけ。なのに、また黄昏の街角にいる。そして、道の先には派出所の明かりが見える。近づいていくと、道案内くんが笑顔で迎えてくれた。

「うまくいきましたか？」

そう問われて遥は嬉しくなった。

「うん！　あなたが教えてくれたおかげ」

「いえいえ、とんでもない」

お巡りさんは手を振って謙遜した。

「わたくしは、上司に無線で言われたことを伝えただけですから」

遥は、自分の手にしっかり重みを伝えている買い物袋を見つめた。それから、目の前の青年警官を。不思議だった。この二つが両立しているということが。

そうだ、と思い立って買い物袋に手を入れる。さっき買ったお饅頭がある。

「食べる？」

差し出した。彼は首を振る。

「勤務中ですので」

手さえ出さない。受け取れないのだ、と直感した。職務上の問題じゃなく、物理的に。

「でも、お礼がしたいんだけど……」

遥が食い下がっても、

「わたくしはなにもしていませんので」

とへりくだるばかり。

「わたくしは、先輩たちとの仲介をするだけの役ですから。捜査は、先輩方がやります」

「ああ、黄昏署の人たち？」

「はい。そちら側ではそちら側の警察官が。こちら側はこちら側の、その役目を負う者が、捜査して確保して、断罪するのです」

お巡りさんは諭すように、だがどこか切ない笑みを浮かべたまま言った。まるで、分かってもらうことを初めから諦めているような。

「そうなの。よく分かんないけど……行ってみたい。あたしもその、黄昏署に」

無邪気に言ってみる。

「うーん、それはどうですかね」

青年は分かりやすく困り顔になった。

「ちょっと、奥にあるので」

「遠いんだ？」

「あまり奥に行くことは、おすすめしません」

「なんで？」

「迷ってしまう人が多いんです」

「そうなの？」

「はい。闇が深い場所もあるので」

遥は辺りに目をやった。この町にはいつ来ても薄闇が覆っている。だが、もっと暗い場所もあるということ。遥は思わず身震いした。だから道案内が必要なのか。

「三田建設のお二人は、しっかり案内しておきました」

そう言われて遥はハッとした。

「え……二人とも？」

「はい。連れ立っていらっしゃったので」

「それは、変」

言わずにいられなかった。

「一人目が亡くなったのと、二人目が亡くなったのは、同じ日じゃないのよ」

「一緒にいらっしゃいました」

そう言う彼にはなんの無理もない。もちろん嘘をついている様子もない。

「ここでは、そういうことは、よくあります」

そう言われると、そういうものだという気がしてくる。いま考えれば、命を懸けて逃げる必要のなかった二人。彼らは自分たちの役割に忠実だった。忠実すぎた。誘拐は嘘です、樹里ちゃんは元気です。おとなしくパトカーに捕まって告白すれば、事故に遭わずに済んだのに。社長に頼まれたから。紗央里と樹里ちゃんのためだから。二人は真面目に誘拐犯を演じてしまった。遥は、もし会えるなら直接ねぎらってやりたかった。

だがもはや詮のないこと。二人は遠くへ行ってしまった。

「やっぱり、あなたは、立派なお巡りさんね」

代わりに目の前の警官をねぎらう。

「とんでもない。この派出所のおかげです」

彼はまたへりくだった。自分がいる小さな場所を指し示す。

「ここにいて、役割を与えられると、力が湧いてきます。ずっと立っていられる気分です」

本当に休まず立っているのかも知れない。遥はにっこりし、

「あなたは立派」

そう繰り返した。彼は重要な役割を担っている。それだけが確かなことだと思った。

この不思議な世界の案内人だ。それは簡単な役目だとは思わないし、できる人間が多いとも思わない。

「いいえ。わたくしは黄昏署ではいちばん歴が浅いので、ここに常駐して道案内するのがやっとなのです。簡単な仲介役しかできない、青二才です」

「あなた」

いつ亡くなったの、とは訊けなかった。そんな無神経なことは、さすがに。

だがそうに違いないと思った。生きたままこちらの世界に常駐はできない。

この派出所は、いわば橋渡しの場所だ。生者の世界に少しだけ近いから、遥もどうにかやって来られる。こうして言葉を交わせる。だがこれ以上奥へ行くと、引き返せない。どこかにあるという黄昏署に足を踏み入れてしまったら、それこそ向こうの仕事を手伝うしかなくなるのかも知れない。

黄昏署ならまだいい。他の場所へ迷い込んでしまったらひどいことになる。たぶん。

「小野瀬遥巡査」

青年が居住まいを正した。丁寧に役職をつけて遥を呼ぶ。

「あなたにはあなたの、わたくしにはわたくしの役割がある。それでいいではありませんか」

大事なことを言われた。警察官の本分。与えられた役割を全うする。それは警察という組織で最も重要なこと。妙に胸が痛むのを感じた。死んでまでも役割を与えられている青年が、不憫に思えた。

彼は嫌々やっているわけではない。責任感とやり甲斐に溢れている。それでも遥は悲しかった。

遥が警察官になろうと思ったのは実は、不純な動機だ。中学時代におばあちゃんを、高校時代に父親を亡くした遥は、十代をめそめそしたまま過ごした。悲しい別れを幾つも経験して、自分を萎れた花のように感じていた。このままではいけないという切迫感だけがあった。性根を鍛えたい。自分を追い込んで、どんな不条理にも耐えられる強い女になりたかった。そのためには厳しい世界に自分を投げ込んで鉄のようになるのだ。

反面、嫌になったら無理せずに辞めようと決めていた。頑張りすぎて自分が折れてしまったら元も子もない。ところが幸運にも、我慢できないほどの不条理には出会わずに警察官を続けられた。希望した刑事にもなれた。華の捜査一課に所属できるとは思わなかったが。怖いぐらいに自分は恵まれている。

これからも試練の連続なのは分かっているし、いつか自分は警察を去るだろうという予感もある。それでも今は、辞めたくなかった。組織に適応し、居場所を確保し、自分の良さを発揮するコツを覚えつつある。自分で言うのもなんだが。

ただ、親不孝なのは間違いない。不規則で不自由な生活。危険な犯罪者たちと面突き合わせる日々。警察を辞めると言ったら母親は泣いて喜ぶだろう。

「いつまでかは分かりません。それでも今は、自分の任務を果たします」

遥の心を読んだかのように青年が言った。

「任務があること自体が、有り難いことだと思っていますので。あなたもそうですよね？」

「いい加減に、名前を教えて」

遥は訊いた。たぶん無理だと思いながら。

案の定相手は、微笑んだだけで答えない。代わりにこう言った。

「晴山さんによろしくお伝えください」

「え？」

「わたくしは、ずいぶんお世話になりました」

道案内くんの台詞はあまりに思いがけなかった。

「あなた、主任を知ってるの？」

はい、と彼は頷いた。

「……だから、あたしを助けてくれたの？」

遥はうまく声が出せない。

「だからというわけではありません。あなたは、この派出所に辿り着いた。だからわたくしも、喜んで道案内をさせていただいたのです」

「しゅ、主任を知ってたのは、いつのこと？」

「ええと。去年になるのかな？　おととし？　そちらの時間では」

彼は自信がなさそうだった。

「わたくしにとっては、昨日のことのようです」

そう言って、なんとも楽しそうな、それでいて切ない笑みを見せた。

「きちんとお別れも言えませんでした。岩沢《いわさわ》さんにも」

「岩沢？」

「あ、大丈夫です。もう岩沢さんは、警察の人ではないので」

「主任。岩沢さん」

遥は口の中で繰り返した。そして強く思った。絶対に主任に伝えよう。頼むから、間違ってもこのやり取りは記憶から消えないでくれ。頼りない夢の中の記憶のようにならないで。あたしの世界に持って帰らせてくれ。様子が変わり始めたのだ。また、風……あたしが押されている。黄昏の色が薄れ、自分が急速に抜けていくのを感じた。この懐かしい町から。

「また会えるかな？　道案内くん！」

遥は叫んだ。そうしないと届かない気がした。

「はい。もちろん」

もはや青年の笑みは見えない。声だけが届いた。

「あなたが望めば、いつでも」

遥も、そんな気がした。

第二話　癒やし人　殴り人

1

「あら？」

我ながら間抜けな声が出た。

遥はまた、柔らかい光に包まれている。まるで夕暮れのような景色の中にいる。ほのかな風には、真冬の東京とは思えない温みを感じる。どことなく懐かしい匂いも。

ああ、また私はここにきた。この路地の先には、見覚えのある光がある。

ほら――派出所だ。薄暗い街角で、ホッとさせるような明るい光を放っている。ここなら彼に会える。優しい道案内のお巡りさんに。遥はゆったりした気分で歩み寄る。そしてすぐに、異変に気づく。

派出所にはだれもいない。

そのたびに遥は、あら？　と言ってしまう。あの安心感をもたらす姿がどこにもない。

派出所の奥の方を見ても、暗い。人の気配がない。どこへいったの？

そして目が覚める。

「いないなあ」

遥は首を傾げながら寝床から出る。ここのところずっとそうだ。派出所には時折舞い戻れるのに、巡査には会えない。どうしても。

「淋しいな」

そう言って笑う。なんとなく感じてはいた。きっといまは、必要じゃないから会えないのだ。あたしはいま、道に迷ってるわけじゃない。きっとお巡りさんは安心して、パトロールに出ている。用もないのにやってくる女を相手にしている暇はないのだ。彼はもっと深刻な迷子を捜している。それか、悪者を追っかけている。所属する〝黄昏署〟の命令に従って。先輩の刑事たちとともに。きっとそうだ。だからあたしなんかが淋しがっちゃいけない。

なのに、あの素直な顔を見たくてたまらない。黄昏の街角をあちこち訪ねて歩きたくなる。あの町にはたくさんの家があって、路地も多いのだ。人の気配を感じることもある。たいてい姿は見えず、見えてもすぐにいなくなってしまうのだが。

闇が深い通りもある。ちょっと、先が見えないほど暗い道が。気をつけなければ、と本能的に思う。だから遥は足を踏み入れたことがない。それでも、あの先にはもしかすると、黄昏署があるのだろうか。あの巡査が所属する本部が。

彼は本部に呼ばれて、戻ってこられないのかも知れない。

だったら訪ねてみたい。彼の上司、黄昏署の刑事たちにも会ってみたい。

そこにだれ一人生きた人間がいないことは知っている。なんて奇妙な警察署！　それでも、遥は黄昏署が存在することを疑わない。凄腕の刑事が揃っており、罪人《つみびと》をどこまでも追うのだとあの巡査は言っていた。ならばそうなのだろう。あの素直な目を見ていたら、信じられた。

それでも遥は、むやみな冒険をすることを毎回思い留まっていた。派出所から遠くには行かない。彼が発した警告を忘れていなかった。迷える魂になりたくない。闇の中に棲むものに、捕まりたくない。

だれかが自分を見ている、と感じることはたびたびあった。派出所のそばにいれば安心だが、離れればなにが起こるか分からない。気をつけなくては。

2

十二月上旬の、妙に暖かい朝。

遥は朝一番に捜査一課に出勤し、同じシマの者たちが出てくるのを待った。

先週、意外な人事が決まったばかりだった。晴山が正式に係長となったのだ。

7係の係長は川内捷平《かわうちしょうへい》だった。だれからも愛される人格者で、苦労人の川内を遥も慕っていたが、遥が配属になってすぐに体調を崩し、出勤回数がまばらになっていた。

それでも、まもなく定年を迎える川内に、早期退職を望む者はだれもいなかった。

ところが、川内本人が退職を決意したのだった。これ以上現場の足を引っ張るのは忍びない、という親心だった。でも、晴山さんが係長の役回りを務めていたので問題なかったのに、と遥は少し悔しい。すんなり定年を迎えて欲しかったのに。

「川内さんらしいよな。退職の挨拶は、体調が上向いたら改めてするってさ」

晴山は淋しげな笑顔でそう告げた。

「重い病気とかじゃないんですよね？」

「大丈夫だ。精密検査で、深刻な問題は見つからなかったって」

晴山は笑って手を振った。

「眩暈《めまい》や神経痛が治まらないのは、俺に言わせりゃ、働き過ぎだよ。完全に。川内さんは警察にすべてを捧げてきた。身体は正直で、悲鳴を上げているんだと思う。俺はあの人を、休ませてやりたい」

苦楽を共にした者にしか言えない、深い情を感じた。晴山だけではない。課を問わず係を問わず、刑事部の刑事たちがどれほど川内を慕っているかは、新参者の遥にも痛いほど伝わっている。晴山と共に警視庁を襲った大嵐を切り抜け、再建に力を尽くした英雄だ。だが、だれにでも引退の時はやって来る。

晴山が係長に就任してからなにが変わるということもなく、同じ調子で日々は続いた。

遥は先週、同じ7係の酒匂《さこう》、家長《いえなが》と共に、資産家の老夫婦殺害事件の捜査本部に所属したが、一週間と経たずに被疑者を確保。三十前後で脂がのり、潰しの利く酒匂と家長は他の係からの応援要請を受け、遥だけが取り残されて妙に暇な時期になっていた。淋しい7係のシマでひたすら晴山が出てくるのを待つ。姿を現すや否や立ち上がって挨拶した。

「おはようございます！」

「おう、小野瀬。おはよう」

まだ少し眠そうな顔をしていて、遥は微笑ましく思った。楽ができる時期はできるだけゆったり過ごして欲しい。一年に何度もない凪のような時期には、本当は休みを取ってリフレッシュして欲しい。もちろん、そんな差し出がましいことはなかなか言えないが。

「晴山さん、おはようございます」

閑散とした7係のシマに、新しい挨拶が響いた。

「あ、柳楽《やぎら》さん」

晴山が驚いて返す。遥も意表を突かれて腰を浮かせた。

現れたのは柳楽宣次《せんじ》だった。ぱりっとした制服が示すように役職は理事官で、第一から第六強行犯捜査という、凶悪事件を担当する部署を統括する立場に就いている。捜査一課長の右腕に当たり、階級は警視だ。

柳楽は将来的には、捜査一課長を追い越して上層部入りする。一課長はノンキャリアのポストだが、柳楽はキャリア。警察官僚だからだ。彼のような人間が、刑事とともに現場で犯罪に向き合うのは短い間に限られる。長くて数年だ。

「朝から申し訳ない。いまちょっと、時間もらえますか?」

だが柳楽はキャリアらしくない腰の低さと、現場に対する細やかな気配りで評判が高かった。三十代前半だが、妙に老成した雰囲気を遥も感じていた。

柳楽の前任者、遥が捜一に配属される前に理事官だった小本《おもと》という男が最悪だったという評判は聞いている。いまだにいろんな刑事から罵りの言葉を聞くぐらいだった。小本はまだ二十代にもかかわらず、強く希望して〝花の捜一〟にやって来た。幼稚な憧れでもあったのだろう。刑事ドラマの見過ぎだったのか。

ところが、能力もないくせに現場の捜査に口を出しまくるという悪質なキャリアだった。従える六人の管理官全員に愛想を尽かされて実権を失った。警視庁を襲った大嵐に耐えることができず、他の警察官僚たちと共に責任を負わされ捜一を去った。いまは警察庁内の閑職で冷や飯を食わされているという。

代わりに着任した柳楽はおそらく、小本の二の舞にならないと決意しているし、上層部も同じ轍を踏まないように能力の高い人間を送り込んだようだ。遥にとってはよい巡り合わせだった。信頼できる上司は多いに越したことがない。

その柳楽が、いかにも内密というニュアンスで晴山を訪ねたのだ。いったい何事だろう。

「どうしましたか。呼んでいただければ、席までうかがったのに」

晴山は立ち上がって相手を迎えた。

「実はね、ちょっと相談に乗ってもらいたいことがあるんです」

遥は中途半端に腰を浮かしたまま、動きかねていた。柳楽は遥には構わず、晴山に向かって喋り続ける。

「小岩署の刑事課の布施《ふせ》さんから持ち込まれた件なんですが。面識はありますね、彼と？」

「布施さんですか？　はい、何度もお世話になっています」

小岩署の布施。遥も面識があった。小柄な猫背姿が脳裏に甦る。江戸川河川敷のリンチ殺人の捜査本部で挨拶した。紹介してくれた晴山は、布施と捜査会議で会うたびに額を寄せ合い、情報を交換し合っていた。ずいぶん前からの知り合いのようだった。

「布施さんには、私も以前、湾岸署にいた頃にお世話になりましてね。その布施さんから、たまたま連絡をもらいまして」

遥は腰を下ろし、顔を伏せて気配を消した。自分がこの場にいていいのか。盗み聞きしているようで後ろめたい気分だが、自分のせいではない。若い刑事に聞こえても構わないと思っているのだろう。ならば席を外す理由もない。

「彼の話を聞いてもらえませんか？　ちょっと広域の事件で、捜一に現場を繋げて欲しいという希望なので」

「こっちで事件化したいヤマがある、ということでしょうか」

「はい。どうも、小岩署だけでは対応できないという判断のようです」

「そうですか……布施さんは、いまどこですか？」

「昼前にこっちに来てくれるそうです」

「了解しました。小野瀬に手伝わせても、いいですよね？」

「どうぞどうぞ」

晴山が遥を名指ししたので、驚いて目を上げる。二人の上司の、まるで親戚のような優しげな笑みに出会って面食らう。

「小野瀬さん。ちょっと、布施さんの相談に乗ってやってください。よろしく頼みます」

柳楽は自ら頼んできた。

「はいっ。了解しました」

しゃちほこばって返すと、笑みが深くなる。遥は柳楽に好感を持った。偉ぶらないキャリアというのは、それだけ貴重だ。

「では、私はここで」

柳楽自身は同席しないのか、と拍子抜けしそうになったが、晴山も「あとで報告します」とあっさりしている。まずは現場に任せよう、余計な口出しはすまいという気遣いだった。

「面倒なことになりそうだったら、いつでも呼んでください」

最後まで丁寧なその口調に、晴山へのリスペクトが表れていると感じた。晴山はいまや捜一の大黒柱だし、単純に晴山の方が柳楽より年上だ。

柳楽は会釈を残し、フロアの反対側の自分の席の方へ去っていった。自分のような下っ端もさん付けで呼んでくれる。もっとしっかり返事をすればよかった、と遥は後悔した。

3

客が到着したと連絡があり、捜査共助課に資料を探しに行っていた遥は大急ぎで捜査一課に戻った。待ち構えていた晴山に手招きされるままに、打ち合わせ室に入る。

見覚えのある小柄な男が座っていた。布施忠夫《ただお》警部補。小岩署刑事課の強行犯係長だ。

「しばらく」

と頭を下げてくる。お久しぶりです、と晴山は返し、遥も真似をする。二人並んで布施の正面に座った。

布施は眼鏡の厚いレンズの奥で目を細めた。歳は五十歳ぐらいのはずだが、もっと老けて見える。鬢の辺りの白髪が中途半端に伸びていて、忙しそうだなと遥は思った。

「リンチ殺人以来か。あれは、夏か」

そう。半年も経っていない。あの捜査本部では、遥は布施とそれほど言葉を交わす機会がなかったが、晴山とは昵懇《じっこん》。いささか気が引けた。

「忙しいところ申し訳ない。まず柳楽さんに連絡したけど、直接晴山君に相談しようかどうか、迷ったんだ。結局、お世話になれるみたいで、嬉しいよ」

そう言って笑う。顔中から人の良さが滲み出ていた。晴山が気さくに応じる。

「こちらこそ。どんなご相談ですか」

「ちょっと、厄介な件でね。私だけじゃ手に余る。とりあえず、話を聞いてもらえると有り難い」

「もちろんです。時間はありますよ」

「ありがとう。だが、かなり奇妙な話でね……信じてもらえるかどうか」

布施は少し黙った。

遥は思い返す。布施は前から、派手な言動や振る舞いをする男ではない。捜査本部でも地味な役回りに徹していた。会議での発言も聞いたことがない。ただ、捜査に対する静かな熱は伝わってきた。

いまの布施の顔をまじまじと見る。心なしか、あの頃の張りがないように見えた。憔悴しているのだろう。いったいどんなヤマにぶち当たったのか。

「柳楽さんからは、さわりしか聞いていません。詳しく聞かせていただけますか？」

晴山は間《ま》を気にしていない素振りだった。布施は一瞬不安そうに遥の方を見たが、やがて喋り出す。聞き取りづらかった。遥は思わず耳を近づける。

「……連続闇討ち？」

確かめるために、晴山は鸚鵡返しに言った。

「そうだ。点が線になった」

布施は頷き、捜査一課の二人の顔をチラチラ見比べながら説明した。先月から都内の各地で、一人で歩いているところを後ろから狙われる事件が続いている。物取りではない。襲撃者は持ち物にはまったく興味を払っていない。ただ殴りかかり、相手が倒れるまでそれを続けるのだ。時間帯は夕方から深夜にかけて。被害者が倒れたら即座に逃げ出す。殺すでもなく、捨て台詞を吐くでもなく。

悪質な愉快犯か？　発生した場所は、分かっているだけで高円寺、府中、そして布施の所属する小岩。バラバラだ。

「私のところの、小岩で起きたケースがいちばん早い。どうも気になるな、とは思っていたんだが。初動が難しかった。被害者は平凡なOLで、人に恨まれるような心当たりはないし。ただの変態男か、小心者のひったくりが怖くなって逃げ出したのかと思っていたんだが。調べていくと、その割には襲撃者は、ずいぶん辛抱強く待ち伏せしていた形跡がある。こう言うのも変だが、しっかり相手を襲って、OLが地べたに倒れるのを確かめて、あとも見ずに姿を消してる。どうもおかしい」

確かにおかしい。衝動的なのか計画的なのか。

「だが、私の管区では似た事件が起こらなかったし、手がかりもない。もやもやしたまま半月が過ぎた。そんな矢先、高円寺で起きた襲撃事件が耳に入った」

関連性のない土地の関連性のない事件。五十代の男性介護福祉士が夜闇で殴られた。

ふだんなら気にも留めないそのニュースに布施は注目した。

「すぐに高円寺署に連絡して担当者と話した。聞けば聞くほどピンとくる。似てるんだ、手口が。私はあわてて、似た事件がないか調べた」

「出てきたんですか？」

「出てきた。だが、つなげるのに時間がかかってしまったよ。なぜかっていうと、被害者同士に共通点も、接点もなかったからね」

言い訳するように言った。よほど目立つ共通点がなければ、関連した事件だと見当をつけるのはだれでも難しい。通り魔殺人というわけではないから危機感も持ちづらい。いままでは各所轄署がバラバラに対応し、手がかりを得られずに各々が立ち往生する。

そんな状態が続いていたわけだ。布施が注目するまでは。

「どこの所轄も忙しいからね。もっと目に見えてやばい案件に力を割く。だけど、都内全域を見渡せば、なにか嫌なことが起こっている。そう、大づかみに気を配れる人間がいてもいいかな、と思ってね。それでここへ来た」

「なるほど。ごもっともです」

晴山の物分かりのよさに、布施は顔をほころばせた。

「被害者はみんな、一人で夜道を歩けなくなってる。すっかりトラウマだ。自分が襲われた理由も、襲ってきた奴の正体も、分からないんだからね。気の毒だ」

短い言葉に、被害者への気遣いが詰まっていた。よくぞ点を線にしてくれた、とねぎらいたくなるが、布施の顔に浮かんでいる疲労が気になった。捕まっていない。そんな表現がぴったりだと遥は思った。刑事にはまま起こることだ。事件に憑かれて離れられなくなる。

「で、おとといの晩、決定的なことが起きた。府中だ」

布施が言い、遥は思わず身を乗り出してしまう。

「襲撃した奴がヘマをした。空手の有段者に襲いかかったんだ」

点が線になる、どころではない。これで加害者がはっきりする。

「その空手家は、前にも知人のボディガードをして、不審者を捕らえたことがあってね。襲撃者の私人逮捕を行った。すぐに地元署が駆けつけて連行。取り調べをして、分かったんだ。闇討ちしたのは二十五歳の、工学部の大学院生だった」

「大学院生？」

7係の二人は同時に言った。加害者のイメージとはギャップがある。

「動機はなんですか？」

晴山が訊き、布施は小首を傾げた。

「そいつは、自分の意志でやったんじゃない、と供述した」

「え？」

「命じられてやった、というんだ」

「だれにですか？」

遥は逸って訊いた。だが、

「うん、それは後で」

と籠もった声が返ってくる。布施が目を合わせてくれない。頷き方に力がないのも気になる。どうしてだろう。経験不足の女がいるのが迷惑なのだろうか。元気がなさそうなのはあたしのせい？

「その大学院生は、相手と知り合いですらなかった」

布施は俯き加減で説明し続けた。

「他の人間を狙っていたようだが、間違えて強い人間を襲ってしまったんだな。私も府中に出向いて、ちょっと取り調べをさせてもらったんだが。呆然としていたよ。こんなはずじゃなかったって」

「なるほど。人違いが高くついたわけですね」

晴山の合いの手に、布施は小さく頷いた。

「おかげで別件を思い出したんだ。麻布の事件を」

「麻布の事件というのは？」

「先週、還暦の女性を殴り倒した厚労省の女性職員が、あとで怖くなって自首してきた。聞いてないか？」

遥は頷いてみせた。うろ覚えだが、加害者が女性官僚という特徴的なケースだったので覚えがあった。たまたまフラッシュニュースの一つとして目にしただけだが。

「俺はその件を、知り合い同士の喧嘩だと受け取っていたんだが。もしかすると……と思って、麻布署の知り合いに訊いて確かめてみた。その女性職員は、被害者の女性の顔は知っていたが、そんなに深い仲じゃなかった。で、お告げに従ってやったんだと供述していた」

「お告げ……」

遥は呆れたような声を出してしまった。すると布施は笑顔になる。実に苦々しい笑みだった。

「どうもおかしい。官僚らしくない台詞だろ。まあ、働き過ぎで神経症になるケースは多いかも知れないが。とにかくそれで、バラバラだった事件が一気に繋がって見えてきた。まだ他にもあるんじゃないか？　そう思ったら、調べないわけにいかない」

「そうですね」

晴山の横顔を見ると、すっかり熱が籠もっている。

「大学院生と官僚。まず、捕まった二人は知り合いじゃない。生活圏もまったく違う。だが共通点がある」

「なんですか？」

遥が勢い込んで訊くと、布施は初めて、遥の目をまともに見た。

「二人とも、同じ占い師に入れ込んでた」

「占い師？」

「占い師っていうか、霊能者っていうか」

遥は目の前が暗くなった。いきなりいかがわしくなったからだ。

「馬鹿みたいな話だ」

言う布施自身が、まったく納得していないように見える。

「どんな、占い師ですか」

晴山も気が向かない様子で訊いた。

「当て字で〝陽気妃《ようきひ》〟というふざけた名前の女だ。地下アイドル上がりの変わり種なんだがね。調べたら、年を隠して三十過ぎまでアイドルをやってて、そこからいきなり占い師に転身した。始めてたかが三年で、顧客を何百人も抱えてる。テレビなんかでも取り上げられる人気ぶりだ。予約が取れないほどの人気占い師だってな。どうも順調すぎて怪しい。パトロンがいるのかも知れない」

「怪しさ満点ですね。たしかに、一人の力じゃなさそうですね」

落ちぶれたタレントが占い師になる。テレビに返り咲くための方便だとだれもが疑う。だが実際に人気で、客が列をなしているとしたら、実力があるということだろうか。

「どんな占いが得意なんですか?」

訊いてしまってから、いかにも今時の女子に見えるだろうかと顔が熱くなる。刑事として訊いただけなのだが。

「うん。よく分からないけどね。タロットだとか、手相だとか、あとは姓名判断か。まあ、なんでもありらしい。ただ、大学院生の証言だと、いきなり顔を見ただけでズバズバ言ってくるらしいよ。霊視、というのか」

遥は嫌な気分になった。そもそも占いの類いを好きではない。

祖母の利恵は生前、不思議な力を持ちながらそれをまったく商売に用いなかった。自分から周囲に明かすこともなかった。子供の頃、遥が山の中で迷子になり、川に嵌まりそうになるということがなければ、遥は祖母の特殊な能力に気づかなかったかも知れない。滝の向こう側に見えた子供を〝死んだ子〟だから近づくなと利恵は言った。まるで当たり前のことのように。自分になにが見えているか孫に知られても気にしなかったし、説明するつもりもなさそうだった。祖母はただ自然体で生きていた。

あの生き様が遥の人生観を決めたといってもいい。利恵のことを思い返すたびに確信するのだった。本物は商売にしない。すなわち、すべての占い師はインチキだ。

「占いですか……しかし、なんであういうものに頼る人が多いんですかね」

つい、という感じで晴山が言った。遥は思わず何度も頷く。

「意志薄弱っていうか。金と時間の無駄だと思うんだけど。小野瀬は、どう思う? 占いは好きか？」

「いえ。わたしは、まったく」

きっぱりした答えを気に入ったのか、晴山は愉快げに口の端を上げた。神経の太い女だと思われたのかも知れないが、構いはしない。

「お金と時間の無駄。わたしもまったく同感です。占い師は責任を取らないですから」

彼らは自分の託宣が外れてもなんとでも言い抜けできる。そんなアンフェアな商売はないだろうと思う。真面目に取り組んでいる占い師もいるのかも知れない。邪心なく、困っているお客のためになりたいと本気で願っている者も、わずかには。本当に特別な力を持っていて、それが客の役に立つ。そんなケースがないとは言い切れない。

だが、その占いが当たるかどうかは問題ではない、と遥は思っていた。晴山が嘆いているのは客の主体性のなさだ。根拠の薄い何かに頼る心の弱さは、結局のところ万事に響く。占いや霊能に頼る前に、相談すべき相手はいないのか。よりによってなぜ、いちばん責任を取らない連中に金を払うのか。

遥は学生時代、占い好きの同級生にはっきりそう言ったことがある。その子は卒業まで口を利いてくれなかった。頼りになる人生の先輩がくれる忠告より、超越的な世界から来る（とされている）声の方を大事にするとしたら、可哀想だと遥は思う。彼らは下手をすると、騙されているということに死ぬまで気づかない。

「厄介ですね。布施さん。その女が、いわば……」

晴山は率直だった。頭を捻りながら本音を吐く。

「カルト教団みたいなものを作って、信者に犯行を命じたと。そういうことですか」

「教団ってほど大掛かりじゃないと思うが、お告げに従ったって言うんだからな。まあ、そういう性質の事件である可能性は、ある」

前回散髪に行ったのはいつだろう、と思わせるような、不揃いの頭髪を無造作に掻きながら布施は言った。

「よほどのカリスマ性があるのか、口が上手いか。そうやって、犯罪を教唆したって可能性は、まあ高い」

「でも、証拠が難しいですよね」

生意気と思いながらも、遥は指摘してしまう。晴山の意図を汲んだつもりだった。

「宗教や、霊感商売がらみの捜査が難しいのは、主従関係を証明するのが難しいからですよね。教祖と信者の繋がりは、利害関係じゃない。信じるか信じないかですから。騙されてる方が、騙されてるって自覚を持たない限り、教唆した方の罪を問えない」

釈迦に説法だと思いながら、遥はおしまいまで言った。布施も先刻承知だ。だから顔色が冴えない。

「だが、放っておくわけにもいかん。また同じような闇討ちは起きると思う」

その上目遣いに、遥は知っている布施を見たと思った。やはり原点は刑事の執念だ。悪者を放っておけない、もう被害者を出したくないという純粋な思いなのだ。

しかし、触れずに済ませてきた疑問が頭をもたげる。どうして布施が所属する小岩署が捜査を主導しない？　警視庁本部までやって来て理解を求め、協力を要請するのはなぜか。

そうしないと動かないからだ。それは、布施に仲間が少ないことを意味している。つまり、小岩署で布施は孤立している。

遥は正直、それを不思議に思わなかった。人の良さ。悪く言えば威厳のなさが理由ではないか。この人はなめられやすい。経験豊富な刑事なのに、係長という地位もあるのに、所属署で尊重されていないとしたら不幸だ。

実際の年齢より老けて見えるのは、苦労してきたからだろう。遥はぐっときてしまう。本当に頑張っている人は苦労を見せないし、愚痴も言わない。そういう先輩の背中を見て成長していきたかった。あたしはこの人の力になりたい。布施は自分なりに打開しようとして本庁に来た。突破口を求めて、柳楽と晴山を頼ったのだ。

「分かりました」

晴山も、こういう同僚を意気に感じる人間だ。

「類似の事件が起こった各署に連絡して、集まるように依頼します。ただし、布施さん。小野瀬の言う通りです」

晴山は釘を刺した。

「首謀者が、口頭で命令していたら、教唆した証拠は残らない。録音したものや、メールやなんかがあれば別ですが」

「……それは、まだ、手に入っていない」

布施は苦く笑った。

「というより、ほとんどなにも、証拠がない」

遠い道のりを覚悟しているように、布施は頭を振った。

「捜査本部の起ち上げなんて、夢だよな。連続殺人ならともかく、まだ連続性もはっきりしない傷害事件だからね。だけど、ほっといていいとも思わない。いつエスカレートするかも分からない。俺の勘、だがね」

「その勘に敬意を払います」

晴山は即座に言い、遥も頷いた。布施は嬉しそうにする。

「力を貸してもらえるか」

「はい。俺と小野瀬が、いまちょうど空いてます。改めて、事件の全容データ、いただけますか。いま分かってる範囲で」

「ありがとう」

布施は深々と頭を下げた。

「各署に連絡してもらうには及ばないよ。俺から声をかける。府中と高円寺と、麻布からも、担当者に来てもらおう。情報を出し合わせるから、主催だけしてもらえないだろうか。あんたさえよければ、明日にでも」

「特命チーム結成ですか。一応、柳楽さんと、一課長に報告しますが」

「うん。柳楽さんは、小佐野一課長に話してくれると言ってた」

手回しがよかった。これでチームは無事起ち上がるだろう。

「うちにもここに、若くて優秀なのがいます」

晴山は遥を指差しながらにやついて見せた。

「なにせ、こないだの誘拐事件で大手柄を立てたばかりですから」

「おお、この子なのか！　噂は聞いてたが」

布施の目が期待に輝く。完全に見る目が変わった。こそばゆい。

有名IT企業の社長の娘誘拐事件を解決したのが、捜査一課では新米の女性刑事だということを、方々に喧伝しているのは晴山ではないか。遥はそう疑っていた。隣でにんまりしているのがその証拠だ。追及してもしらばっくれるに決まっていたが。

4

はい。俺と小野瀬が、いまちょうど空いてます。

晴山の言葉は翌日にはひっくり返った。

遥は心細いまま、たった一人で麻布署に出向く羽目になった。指定された会議室に入ると、年齢がバラバラの男たちがすでに席に着いている。

遥が会釈して席に着いたところで、自己紹介が始まった。

「若槻《わかつき》です」

「峰《みね》です」

「小野瀬です、よろしくお願いします」

そして布施忠夫が、無言で頭を下げた。

四人だけかと拍子抜けした。本当はもっと大勢になるはずだったのに。しかも、本庁に集まる予定が急遽、麻布署に変更になった。遥は控えめに、集まった男たちを見やる。

若槻は、背は大きくないががっちりした筋肉質。軽量級の柔道選手のような見た目だった。高円寺署の刑事課所属だ。二十八歳。

峰は眼鏡をかけ、細身で、サラリーマンと言われても違和感がない。ここ、麻布署の警部補で、刑事課係長。三十六歳。

もう一人来ると聞いていたが、見当たらなかった。

「府中は、来られなくなった」

布施が淡々と告げた。ドタキャンのようだ。晴山と同じで、急な事件が発生したのかも知れない。となると、この場の四人が〝連続闇討ち事件〟の裏捜査班になると思っていいのか。

晴山の不参加を知り、本庁を煩わせるのはまずいと判断したらしい。集合場所は峰の所属する麻布署の会議室に変わった。峰はこの署の役付きなので権限がある。他の刑事の視線も気にせずに密談できるという判断か。だが、布施の方が先輩で経験もあるのだから、彼の所属署の小岩に集まってもよかったはず。それを避けたということはやはり、布施の孤立ぶりを物語っている気がした。勘ぐりすぎか？　小岩は東京の東の果てに位置するから、単に地理的問題だろうか。

「忙しいところ申し訳ない」

発起人はひょいと頭を下げた。この威厳のなさを目にすると、もっと自信を持って喋ればいいのにと思ってしまう。しょぼくれた目のしばたたき、腹から出ていない声の弱さなどが、犯罪者からも同僚からもリスペクトを欠くことになっている。つくづく損な人だ。

「改めて、それぞれの状況説明をお願いしたい。本店から彼女も来てくれた」

男たちに怪訝な眼差しを向けられた気がした。うぬぼれていたことを思い知らされる。誘拐事件での功績なんてどこにも伝わっていない。ただの小娘扱い。遥は声を張った。

「晴山係長も、来られる予定だったんですが」

晴山の名前に頼った。自分よりずっと有名だからだ。今朝方、晴山は4係から応援を頼まれた。それは殺しの案件で、優先順位は明らかだった。

「そういうわけだ。小野瀬、頼んだぞ」

晴山は気もそぞろだった。4係の抱えているヤマの詳細は知らないが、7係係長の晴山をご指名とは、よほど手腕を欲している。そして遥にお呼びはかからない。

「係長は、急な案件で動けなくなりまして、私が参りました。どうぞよろしくお願いします」

二人の男からめざましい反応はなかった。嫌な感じがした。

「どうですか。その後、厚労省の彼女の供述は。役に立つことを吐いたかな?」

気を取り直したように布施が訊いた。

「いいえ。だんまりを決め込んでいます」

峰の返答は素っ気なく感じられた。遥には峰が、刑事というより銀行員に見える。

「やはりそうか……」

「こっちも、その後、進展なしです」

高円寺署の若槻にはもう少し温度がある。平の刑事らしい初々しさを残している。などと、もし歳下の遥に言われたら怒り出すだろうが。そして、高円寺の介護福祉士が襲われたケースでは犯人が不明のまま。いかに若槻が誠実でも、質の高い情報は期待できない。

「今日来られなかった、府中署の……工学部の大学院生も、一緒なんですかね」

「昨日の時点ではそうだった。いまは完全黙秘してる」

布施が答えたあとは、だれもなにも言わなくなった。

どうも様子が変だ。想像していた熱気がない。まったく。

「もし、新しい供述がとれなくても」

遥なりに、本庁の署員として期待に応えたいと思った。

「何か証拠が出てくれば、事態は進展します」

士気を上げようと喋ったのだが、場の空気は冷えたまま。どういうことだ？　わけもわからず暴力に曝された人たちに報いるために、使命感を持った男たちが集まってくるものと思っていた。布施に覇気が感じられないのはいつものことだとしても、若槻と峰はもっと積極的になるべきではないか。遠慮しているのか？　いや、どう見ても違う。このヤマに関わりたくないのだろう。発言しないのも、やる気を見せると責任を負わされるからだ。遥は腹が立ってきた。

「粘り強く供述を引き出したり、新しい手がかりを見つけないと、またれか襲われますよ」

差し出がましいとは分かっていても、言わずにはいられない。

「いや、それは分からない」

峰ははっきり異を唱えた。一貫して体温を感じない。自分の所属署を提供したことを後悔しているのかも知れない。

「これだけ、ヘマをした連中が捕まりだしてる。もし、やらせてる人間がいるとしても、そろそろ警戒してるはずだ。これ以上の襲撃はまずいと」

「じゃあ、連続闇討ちはこのままフェードアウトする。峰さんの見立ては、そうなんですか？」

「いや。分からないけど」

無責任な締め方に、遥は気色ばんでしまう。

「捕まってない実行犯もいますよね。ほっとくわけにはいかないんじゃないですか」

遥の正論に、峰は肩を竦めて黙った。その顔に浮かぶ微かな笑みに、遥は今度こそ癇癪を起こしそうになった。いけない。

「でも、新しい手がかりなんかあるんですか？」

若槻が取りなすように言った。自分のスタンスに迷っている。熱意を見せるべきかどうか。

「占い師に、直接当たるしか、手はないか」

布施が言い出し、そうだ、と遥は膝を打つ。

犯行に及んだ占いの客から引き出せるものは限度がある。ならば当然、ご本尊に探りを入れなければならない。遥はついそわそわして腰が浮いた。どうやって攻める？

「任意の事情聴取ですか？　それとも……」

若槻が恐る恐る言い、

「いや。警察がマークしてると警戒させる前に、やることがある」

峰がしたり顔で言った。急に前向きになったな、と驚いて見ると、じろりと遥を見てきた。なんだ、と反抗的に見返してしまう。言いたいことがあるならはっきり言え。

「おとり捜査、だな」

布施が突然結論を言った。遥はハッとする。

「だれかが客として、占い師を訪ねる。で、探りを入れる」

峰が肯定した。正式には、身分秘匿捜査。潜入捜査とも言う。刑事同士ではシンプルに「おとり」ということが多い。だが、だれがおとりになる。

「一連の犯行の教唆を、ほのめかすような発言をしてくれたら、しめたもんだが……」

布施が、伏し目がちに遥の顔色をうかがってきた。

遥は恥じた。この展開を予想していなかったことに。この場で自分だけが女性。そして、占い好きは女性の方に多い。自分に白羽の矢が立たないわけがなかった。

「で、でも、人気の占い師なんですよね？」

声が上擦ってしまう。

「予約がなかなか取れないって……」

「それ、なんとかなるかも知れないです」

そう言いだしたのは意外にも、若槻だった。

「最近別のヤマで、大物の俳優と縁ができました。彼の事務所の俳優が何人か、陽気妃に見てもらったことがあるそうです」

焦点の占い師にコネがあるのか。なんという成り行きだ。

「そこからどうにか、横入りさせてもらえれば……」

「やってみてくれ。で、だれが潜り込むか、だが」

峰の視線がいやらしい。いい加減にしてほしくて、遥は自分から言った。

「わたしが行きます」

覚悟を固めた。これ以上とぼけても見苦しいだけだ。

「行ってくれるか！」

にわかに元気になった布施は、握手せんばかりに身を乗り出してきた。

「頼む。女性なら、客として不自然じゃないし、相手も警戒しない」

「あんたは刑事っぽくない。疑われにくい」

峰がそんなことを言った。褒め言葉とは思えないが、遥は言い返せなかった。

「では、その俳優に頼んで、小野瀬さんをねじ込んでみます」

さっそく若槻が請け負う。なんであたしがおとりになると決まったらみんな結束するんだ。若槻はこう助言してきた。

「小野瀬さん、偽名を考えといてください」

「……はい」

いますぐ潜入させられるような気がして緊張する。怖い、とは言えない。自分は乞われて本庁からやって来た助っ人なのだ。せいいっぱい引き締まった顔をしてみせるものの、内心は不安でいっぱいだった。

「その俳優さんのこと、詳しく教えておいてください」

遥が頼むと若槻は頷いた。無理にねじ込んでもらっても、遥はその大物俳優と知り合いではない。もし占い師に俳優との関係を訊かれたら、話が合わなくてばれてしまうかも知れない。

「特別なことをする必要はないよ。客になりきって、できるだけ相手に喋らせればいい」

布施もこっちの気分を軽くさせようとするが、演技プランが難しいと思った。いったい、どんなふうに訊けば探りを入れることになるのか。うまく情報を引き出したり、ボロを出させるにはどんな客になりきればいい。

「お告げをもらえばいい」

峰が簡単そうに言い、遥はカチンときた。

「初見で、物騒なお告げをしてくるとは考えづらいけどね。だから、二回、三回と行くことを考えた方がいいと思う。そのうち、だれかを襲えなんて言ってきたらしめたもんだ」

「いや、そこまではっきり指示するだろうか？　もっと曖昧な、誘導するようなやり口じゃないか」

布施は布施で自分の推測を言う。

「自分は罪を被らないように、忖度を促すような恰好で、人に怪我させるように仕向けるのかも知れない。まあ、想像の域を出ないが」

「ま、とにかく、他の連中がもらったお告げと同じような何かをもらえばいいわけです」

峰の返しは、布施に敬意を払っているようには聞こえなかった。

「占い師の発言はぜんぶ、直接、もしくは間接的な証拠になる」

「録音を忘れずにな」

布施は峰の不遜さを気にしている様子がない。ただただ遥を見て、なだめすかすように言った。

「占い師はさすがに、ボディチェックなんかしないだろう。犯行に関わる決定的なことを録音できたら、お手柄だよ」

確かにその通りだ。遥の胸の芯が燃え始めた。

5

とはいえ、心の準備が難しい。

ついに潜入だ。やる気だけではなんともならない。遥には演技の経験などない。文化祭で舞台に立ったことはあるが、中学三年が最後だ。演劇部に所属したこともない。

刑事は時に役者にならなくてはならない。警察学校でも、潜入捜査の模擬実習はあった。だがしょせん実習だし、大した時間を割いたわけでもない。

遥は紙に設定を書き出して、とにかく丸暗記することを心がけた。名前は山本《やまもと》優子《ゆうこ》。

年齢は遥の実年齢より一つ上に設定。ＩＴ企業の経理、という当たり障りのない職業に設定したのは、突っ込まれる余地が少ないと感じたからだ。

親の職業は……兄弟姉妹は……考えれば考えるほど、細かい設定がないと怖くなってくる。だが覚えきれるか。矛盾を突っ込まれないか。

間違っても刑事の顔を覗かせてはならない。どこか頼りない平凡な女でいなくては。どんな占い結果が出ようと、どんなお告げを受けても、感心したり信じたふりをしなくては。

後悔の念が湧いてきた。自分が適任とは思えない。嘘が顔に出る質《たち》だ。はっきり断ればよかったとさえ思った。だが、占い師がどんな人間かは見てみたい。この目で直に見られるまたとないチャンス。ならば見極めてやりたかった。邪悪な人間なら見破りたい。

そう考えれば闘志も湧いてくる。

『アポとれました！』

若槻から連絡が入った。

『ちょうど明日、時間がとれるそうです。午後八時に、新宿四丁目に行ってください。住所と地図を送っておきます』

こんなにもあっさりとお膳立てが整うとは。強引に割り込んだというより、陽気妃という占い師がそもそもコネを優先する人間なのだろう。ならば印象はよくない。なおさら真実を暴きたくなる。

晴山に直接報告したかったが、捜一にいない。いまや出ずっぱりだった。

遥はメールで、客として占い師に会うと報告した。

初おとりか。頑張れ。

シンプルな励ましが返ってきた。少し気合いが入った。

励ましを胸に留めて、アポを入れた時間きっかりに、新宿の雑居ビルの四階にある鉄製のドアをくぐった。〝占いの館〟というひねりのない看板が掲げられている。

いきなり入り乱れた原色が目を襲った。いちばん多いのはピンク、次に黄色。そのほとんどが縁飾りの色で、四角い枠の中に人の顔が収まっている。

どれも同じ人間の顔。これがこの占いの館の主〝陽気妃〟か。目の縁取りを強調した過剰なメイク。白すぎるファンデーション、ピンクのチークに、これまた濃いピンクの口紅。

写真で見る限り、陽気すぎる。こんなものを客の待合室に貼りたくるとは。元地下アイドル、という経歴を考えても度が過ぎている。もし自分が本当の客だったら即座に帰っていた。ここの客はみんなセンスが麻痺しているのではないか。これほどうさんくさいと客を逃してしまうと思うのだが、「よく当たる」という評判以上に強いアピールはない、ということだろうか。

世の中は自分の持つ常識と違う基準で動いている。そう感じることが多い。だから腹を立ててもしょうがない。だが正直な感情が顔に出たら相手に怪しまれる。遥は自分の頰を両手で叩いてリセットし、さらに奥にある木の扉をノックした。

どうぞー、という明るい声。遥は頰を引き攣らせながら入室した。

奥の壁に豪勢なデスクがしつらえてある。王族が座るような背の高い西洋風の椅子に、館の主が座っていた。待合室でもさんざん見た若作りの顔だ。

「ようこそー。そこへどうぞ」

促されて、デスクの真ん前に用意されている椅子に座る。山本優子という偽名と職業を名乗ると、

「へー。あなた、ITで経理やってるんだぁ」

妙に上擦った調子で言われた。陽気妃は調子っぱずれなほど陽気。声も裏声かと思うほど高い。まともな神経をしている人は勘に障るはずだ。なぜこんな女の人気が出るのだろう？　やっぱり世の中は狂っている。

「どうも、今の仕事は向いてないように見えるけどなぁ」

ヘラヘラしながら言う。占いの道具も使わずに。霊視ということか？　この女は三十代半ばらしいが、遥の目にはもう少し上に見えた。近くで見ると小じわの数が凄い。

「あなたに向いてるのはねえ、占い師。私と同業ね！」

遥はドキリとした。訝しげな表情をすると、

「あなたには霊がいっぱい憑いてるもの」

遥の顔が固まった。どんな反応を返せばいい？　単なる気まぐれの出鱈目《でたらめ》だ。どんな客にもこんな意表を突くことを言って、話に引き込むのだろう。取り調べの時にもよく出会うが、犯罪者には虚言症タイプが多い。まったく巧まずに、次から次へと嘘が口を突いて出る。嘘をついている自覚もないように見えるときがある。普通は良心が痛むはずなのに。

「そんなに、霊がいっぱい憑いてるんですか。守護霊、というやつでしょうか」

遥は迷いながら、信じやすい若い女を懸命に演じる。目を細め、鋭い視線を寄越す。するとと、陽気妃の顔から笑みがふいに消えた。

「珍しいわ……こんなに憑いてるの」

遥の背後にその目は向けられていた。ぞくりとする。遥は自分を戒めた。こんな演技に気圧されるな。緩急だ。ヘラヘラしていると思ったら急に真面目になる。これが手なのだ。

「これだけ数が多いと、普通ではいられないはずよお？」

陽気妃は首を傾げ、遥の瞳を覗き込んできた。

「だからあなた、感覚も鋭くなってるはず。そうじゃないい？」

「えっ……いや……どうでしょう」

相手を否定してはならない。機嫌を損ねるな。自信なげでいろ。ところが、本当に自信がなくなっている。これが占いに嵌まってしまう人間の心理か？　少しでも相手に感心すると、引き込まれてしまう。挙げ句には、言われること全部を信じるようになる。自分を見失うな！　だれにでも当てはまるようなことを自信たっぷりに言うのが常套手段なのだ。

たしかに遥は、秋に不思議な経験をした。この世の人間ではない何者かに出会った。夕暮れの光に包まれた、古びた派出所でいろんなことを教わった。そこに常駐する巡査のおかげで、遥は誘拐事件を解決することができた。

だがあれ以来、あの〝お巡りさん〟には会っていない。時折、夜見る夢の中で派出所を訪ねても巡査は不在。すると派出所の存在自体も怪しくなってくる。昔見た夢を、本物の記憶と錯覚しているだけかも知れない。

「それで？　悩みはなんなのぉ？」

占いの館の主に訊かれた。語尾の跳ね上がり方に一瞬、眩暈がするほどの嫌悪感を覚える。

「あ、あの……恋愛です」

かろうじて、用意していた台詞を言った。

「私は、いつ、結婚相手に会えるでしょうか」

最もありがちな相談。遥本人はまったく興味のない事柄だった。だが、ありふれたOLの山本優子にとっては人生で最も大事な問題だ。

「それと、どんな相手でしょうか」

「どれどれ。手相を見せて」

陽気妃は遥の手を握り、じっと見つめた。

やがて、爪の先で遥の掌をなぞり出す。結婚線というやつだろうか。くすぐったいだけだった。遥自身は自分の掌をじっくり見つめたことがない。

「最初の婚期は、三十手前ね」

やがて占い師は言った。

「その次は三十五くらい。相手はねえ、おんなじ業界の人って出てる。焦る必要はないわね。結婚できないことはないから」

実にありがちな答えに思えた。もし自分が純粋な客だったら、金を払って損したと思うところだ。ありがちな悩みにはありがちな答えしか返さないということだろうか。思わず勘ぐるような目で相手を見てしまう。すると、陽気妃の様子が変わった。

「案外、近くにいるかもよお？」

「えっ、近く」

「うん。すごーく近く」

思わせぶりに瞬きする。遥は口籠もった。

「ち、近くって言われても……」

「運命の相手に、もう出会ってるかもよ。でも、気をつけて」

陽気妃が目を閉じた。

「その相手、死ぬかも知れないから」

恐ろしく不吉なものが陽気妃の目尻に、口許のしわに漂っている。遥は心ならずもゾッとした。だめだしゃんとしろ、極端なことを言われればだれでもハッとする。騙されるな！

「ねえ。ほんとの悩みは、違うんじゃないのお」

また陽気妃の雰囲気が変わった。たいした才能だと遥は感心した。以前は芸能界にいた。演技らしきものも習得しているのだろう。不気味な猫なで声が目の前から聞こえ、遥は取られたままの手を思わず引っ込めそうになる。

「健康問題が、あるんでしょお。身体の調子が悪いところが、あるんじゃなあい？」

「ええ？　い、いいえ。別に、ないですけど」

「嘘。ちょっと診させて」

陽気姫は遥の左の掌を摑んだまま、腰を浮かして額に手を伸ばしてきた。それから肩、二の腕、と触る。その間もずっとニコニコしている。

遥はなされるがままにしていた。異様な香水の匂いに、微かに嘔吐《えず》きを感じたが拒絶はできない。ここは我慢だ。

やがて陽気妃はすとんと腰を下ろしたが、遥の左手は解放しない。

「あなた、偏頭痛持ちでしょ」

歯切れよく言われる。

「……いいえ」

遥は控えめに答えた。

「自覚してないだけよお」

ほほほほ、という笑い声が部屋に拡散する。

「あなた、機嫌が悪くなって、ぜんぜん治らないときがあるでしょ？　カッカして収まらないとか。頭が重くてイライラするとか。指の先が痺れるとか。ね？」

「はあ。そう言われると」

そんなことはだれにでもある気がするが、ここは話を合わせる。この先に何かある予感がする。

「……肩こりが、ひどいときは、あるかも」

「それよぉ！　いっぱい肩に乗ってるんだもん。当たり前だよ」

「はあ。そうですか」

遥は迎合した。前のめりになってみせる。

「な、治すには、どうしたらいいんですか」

「知りたい？」

小首を傾げる様が、ふいになまめかしい。

「このまま、あたしの手を握ってるの、けっこういいよ」

「えっ……」

背筋に戦慄が走る。

「アイドル時代にね、よく握手会やったんだけど。お客さんが、元気になったって喜んで帰っていくの。病気が治った！って言う人もいた。ホントよぉ」

「はあ……」

手を離したくてたまらない。

「あの……私の結婚相手って、命の危険があるんですか？」

思わず訊いた。とにかく話題を逸らしたい。この触れ合いから逃げたい。

「もし死んじゃったら、私、一生独身ですか？」

「そこ、気になるのね」

陽気妃は急に席を立った。

「分かった。ちょっと待ってね。裏で集中してくるから」

いきなり背後のドアを開け、向こう側に消えた。

遥は呆気にとられたが、気を取り直して部屋を観察する。待合室と違い、この占い部屋には陽気妃の肖像は一枚もない。これもメリハリの演出だろうか。占い師らしいアイテムが和洋問わず並んでいる。水晶玉、筮竹《ぜいちく》、タロットに仏像。多種多様のペンダントとパワーストーン。方位盤と星座表。ここまで雑多だと節操がないだけという気がする。

だが、客を洗脳して暴力に走らせるような道具は見当たらない。

遥は着ているジャケットの襟を開く。内ポケットにしのばせたＩＣレコーダーのライトが点灯し、きちんと作動していることを確かめた。ふいに不安になり、この部屋に監視カメラがないかと視線を走らせる。昨今の機器は極小化されていて、一般人でも入手して設置できる。あっても気づけないかも知れない。

もっと警戒しよう。いま自分は、見られているものと思って行動する。

椅子にじっと座って待った。

奥の部屋からはなんの気配もしない。

6

瞬く間に二十分が過ぎた。

女占い師が戻ってくる様子は一向にない。

いったいなんだ。これがあの女の流儀だとでもいうのだろうか。他の客もみんな、こんな不毛な時間を堪え忍ぶのか。虚しく待たされても、有り難くご託宣を待つのか。愛想を尽かして帰るという選択肢もある。本当の客であれば。だがいまは潜入捜査中だ。

音沙汰のないまま、やがて三十分になろうとしている。

これはさすがに変だろう。裏でいったい何をやってる？　ネットか、手下を使って山本優子の個人情報を集めさせ、もっともらしいお告げをでっち上げている最中か。だが架空の人物の情報がネットに上がっているはずもない。同姓同名なら多いだろうが、仕事や年齢まで一致するとは考えづらい。完全に架空の人物を名乗るのはまずかっただろうか？　そんな気もしてきた。

ついに三十分を超えた。遥の素性を怪しみ、仲間を呼んで詰問する計画を立てているのでは？　そんな事態まで想像して身体が強張った。いますぐ逃げた方がいいのか？

いや、さすがに心配しすぎだ。もっとありそうなのは、無理やり幻覚を見て〝お告げ〟を捏造しようとしていることだと思った。あの女は本気で占いをしてはいる。ただ、変な薬物を摂取して自分の感覚を研ぎ澄まそうとしているのでは？　シャーマンは古来、麻薬に頼る場合があったそうだ。陽気妃も違法なものに手を出している可能性はある。

そう考えると、別の意味でそわそわする。傷害教唆容疑でなくても、薬物違反で逮捕できるかも知れない。結果、東京各地の凶行が止まるならそれでもいい。

様子を見に行こう。決定的瞬間を押さえられるかも知れない。これだけ待たされているのだから、ちょっと奥に入るぐらいで文句を言われる筋合いはない。逆にチャンスだ……奥の控え室の扉を、迷った末にノックした。反応はない。

陽気妃がいないとは考えられない。やはり、なにか異常な状態にあるのだ。

「開けますよ？」

遥は声に出して断って、ノブを摑んで扉を開けた。ギイッ、という古めかしい音がした。

だれもいない。

タチの悪いマジックを見せられた気分だった。どういうわけだ？　この部屋はどん詰まり。この先に行く場所はない。

いや、待て。よく見ると扉がある。

部屋の側面にあり、打ちっ放しのコンクリートの壁と同化して境目が分かりづらかった。見るからにトイレだと思った。ということは、陽気妃はトイレに籠もっている？

いや、そうとは限らない。このビルの構造を知らないまま入室したことを後悔した。このビルは大きくはない。だが縦長で、意外に奥行きがある可能性はある。

確かめなければ。扉の向こうを。

その扉の隙間が、かすかに空いているのが見えた。

妙だ、と感じた。トイレを少し開けて使うか？

うそ寒い風が、その隙間から漏れ出てくる。顔に直接風を浴びたように面食らう。嗅いだことのない臭いが遥の鼻の奥をつんとさせた。嫌な感じだ、口臭のきつい人間に息を吹きかけられたような……あるいは、ふだん接しない化学薬品の臭い。

コンコン。軽くノックした。だが反応がない。いや、気配がない。

開けようとした。無理だった。鍵がかかっている。

「うそ」

思わず口に出した。微かに開いていたではないか。立て付けが悪いだけか？　おかしい。

耳を澄ましてみた。やはり気配を感じない。

おかしい。どう考えても。陽気妃はどこへ行った？

いや――あたしは間違えた。

気配がある。あたしの後ろに。

遥のうなじがそう感じた。視線を察知したのだ。反射的に振り返る。

だれの姿もない。

それは直感と反していて、遥は首を捻った。

だれかがあたしを見ている……そんな感触は残ったままだ。なのに姿がない。この部屋には隠れる場所もない。監視カメラか？

いや――あれか。ある一点に視線が惹きつけられた。

この部屋は殺風景で、ソファと小さなテーブルしかなかった。テーブルの上にスマートフォンが載っている。なぜか二つ。しかも、プラスチック製のスマホスタンドに据えられて横向きに並んでいた。

何の意味があるのだろう？　もちろん画面は真っ暗。アイドリング状態だ。

視線を外し、部屋の他の場所に注目する。だがどこをどう見ても手がかりはない。盗撮用のカメラが仕込まれているとしたら壁のどこかだろう。あるいは、ソファの中に仕込まれている可能性もある。顔を近づけて注意深く探していると、ふいに違和感を覚えた。

ハッとテーブルの上を見る。

相変わらずスマホが並んでいるだけだ——いや。

何かが映ったように見えた。

人の目に見えた。

一台のスマホに一つずつ。ちょうど二つの目が、遥を睨んでいた。

そんな印象はほんの一瞬だった。瞬きの後には、真っ黒な二つの画面があるだけ。

動悸が激しい。遥は胸を押さえた。気のせいか？　恐れのあまり、ありもしないものを見た。あたしはそんなに怯えているのか。情けない……怒りが湧いてきて、遥はスマホの一台を手に取った。これこそ監視カメラかも知れない。最近のスマホの防犯アプリは高性能だ。アプリが起動していたら、遥がのぞき見した証拠が残るかも知れない。だがどうしても手がかりが欲しい。

ギイッ、と扉が軋む音がした。遥はあわてて振り返る。

陽気妃が立っていた。

どうして？　遥はパニックに陥った。いつの間に回り込んだのだろう。

「あんた、あたしを捕まえに来たの⁉」

怒鳴った。その声は野太かった。ふだんの甲高い発声は作り声だと判明したが、それはあとで気づいたことだ。遥は震え上がってしまい、それどころではなかった。

「二度と来るな！　警察の犬ぅ！」

占い師は目尻を吊り上げ、指を差して詰め寄ってきた。

遥は抗弁もできず、持っていたスマホを放り出して陽気妃の横をすり抜け、控え室を出て占いの館を飛び出した。一刻も早くこのビルから退避したかったが、最後に刑事のプライドが自分を引き留めた。建物の構造だけ確認しておく。

フロアを回り込んで、この占いの館が入っている部屋に裏口があることを確かめた。単純な話だ。あの女はこちらから出て、正面から回り込んだだけ。トリックでもマジックでも何でもない。

少しだけ安堵しながら、敗残兵の気分で退却する。近くに布施が一人で待機してくれている。心配しているだろう。早く戻らなくては。だが気が重い。

おとり捜査は無残な失敗だ。しかも素性がばれてしまった。

7

寒風の中、電車を使わず、遥は歩いて寮を目指した。

頭を冷やしながら帰りたかった。打ちひしがれていた。いまいちばん声を聞きたいのは晴山だ。だが向こうの捜査も佳境に入っている。気軽に電話したくない。

五分後、遥は結局、晴山の番号にコールしてしまった。留守電であることを祈りながら。

出ない。よかった。内心の失望を押し隠しながら、遥は諦めて切ろうとした。

ふいに、繋がる気配がした。出てくれた？　遥はあわてて呼びかけた。

「晴山さん？」

『こんばんは、遥さん』

懐かしい声が聞こえた。

「うそ」

思わずそんな声が出る。

「……道案内くん？」

『はい。道案内です』

瞬きを繰り返し、改めて記憶にある声と照合する。

間違いない。あの黄昏派出所の制服警官だ。

「なんで……電話に出られるの？」

そうだ。自分は晴山に電話したのだ。なぜ割り込んでこられるのか。

しかもいま、自分は確かに起きている。当たり前だが、気を失ったわけでもない。あの黄昏の街角に迷い込んだわけでもないのだ。夜闇の中に、見慣れた帰り道が先へと延びているだけ。

『すみません、驚かせて』

相手は恐縮している。遥は、気さくに応じたかった。

「また道案内？　あたし、迷ってないけど」

『ほんとですか？』

どことも知れない回線の向こうから聞こえる、巡査の声に皮肉はない。純粋な問い返しだ。

「いや、まあ、迷ってるっていえば迷ってるけど。いまの捜査で」

『やはり、そうですか』

「でも、こないだ助けてもらった状況とは違う」

そうだ、そこに違和感があるのだ、と遥は悟った。

「誘拐された女の子の命がかかってる。そう思って必死だったから……あなたも、応えてくれたのかなって。でも、今回は一応、人の命がかかってるわけじゃないし」

『そうですか』

という素直な切り返しに不安を覚えるが、

「でもまあ、これからどんな被害が出るか、分からないのは確かだけど」

と答えると、自分の身まで引き締まった。

「あなたはどう思う？」

この電話の意味を考えた。警告ではないのか。

「もっとひどいことになる？　いま止めないと駄目よね？　だから電話に出てくれたの？」

ふいに相手の気配が遠ざかった。遥は不安になり、

「もしかして、逆？」

声を大きくした。思いつきを並べ立てる。

「あたしに何か、頼み事でもあるの？」

『頼み事。そうですね』

声が戻ってきて、少し安心する。ふいに罪悪感を覚えた。言葉遣いが難しい。妙に上擦って、馴れ馴れしくなってしまう。本当は、こうやって話せるなんて普通じゃないのに。貴重な機会だから無駄にしたくないのに。どうしたわけか自分のスマホはいま、この世じゃない場所に繋がってる。通話履歴や料金はどうなるんだろう？　あの世にいる人と話せるなら何十万円でも払う。そんな人は多いだろうな、と思うと口許がほころんだ。

「あなた最近、あの派出所にいないみたいだし。そうでしょう？」

相手に直接確かめられる機会が来るとは思わなかった。

「夢だと思いかけてた。もう会えないのかなって」

『遥さん。もう気づいているかも知れませんが。癒やし人は殴り人です』

「えっ、なに？」

言われた意味が分からない。

『早く止めた方がいいです。これは、片翼に過ぎません。黒い翼と、灰色の翼の、灰色の方。でも、放っておけば、いつ黒く染まるか分からない』

「あなたがなにを言ってるのか分からない」

遥は思わずスマホを握りしめる。

「陽気妃のこと？　やっぱり、あの女が糸を引いてるのね？」

『彼女は、右手と左手が逆についています』

声は淡々と返してきた。

『そして、右手のやることを左手が知りません』

「え……どういう意味？」

『よりしろを見つけて、揺さぶるんです。闇の指の一本が目立っている間に、もう一本が……晴山さんの』

手の中の端末がぶるりと震え、遥は驚いて取り落としそうになった。生きた魚に変わったかと本気で思った。あわてて握り直し、再び耳に押し当てると、

『小野瀬？　聞こえるか？』

声が別人に変わっている。

「あれ、晴山さん？」

素っ頓狂な声を上げてしまう。

『そうだ。俺にかけたんだろ？』

「いや……そうです。ただ、出ないと思ったから、ちょっとびっくりして」

『なんでびっくりする』

呆れ声だった。当然だ。遥はそもそも晴山にかけた。すると、コールは生きていたということか。あくまであの巡査が割り込んできた。

「いや、あの……ご報告をしようと」

もちろん潜入捜査の件だ。たったいま、この世の者じゃない若者と話をしていたとは言えない。

『ああ。どうだった？』

遥は気を取り直し、自分の失敗について愚直に伝えた。

「なんでばれたんでしょう」

晴れない疑問を上司にぶつける。ここまでストレートに愚痴をこぼせるのは晴山しかいない。さっき布施にさんざん謝ったあとだ。

『布施さんは？　どんな意見だった』

電話の向こうの晴山の声に、遥は疲れを感じる。捜査の状況が厳しいのだろう。

「いえ、意見とかより、私を慰めるのに一生懸命で……かえって申し訳なくなってしまって」

『あの人らしいな』

その通りだった。初めから遥に期待していなかったのかも知れないが、決め手となる情報をなにも引き出せなかったことに失望も見せず、むしろ遥が怖い思いをしたのではないかと気遣ってくれた。陽気妃とのやり取りを録音したデータは渡し、占いの館で見た光景は覚えている限り伝えた。どんなふうに占われ、待たされ、最後には刑事だとばれたらしいということも。

「まあね、次の手を考えましょう」

布施は前向きを装ってそう言ってくれたが、警察が身辺に迫っていることがばれたのだ。手詰まりどころか大きく後退してしまった。他の刑事たちにも申し訳が立たない。

『それにしても、お前、見抜かれたか』

茶化すような調子。晴山は優しい。遥は無念だった。この人の期待を裏切ってしまった。

陽気妃は一度姿を消して、戻ってきたら別人になっていた。愛想は消え、敵愾心《てきがいしん》の塊と化していたのだ。遥は不用意なことを言ったつもりはなかった。問題があるとしたら奥の部屋に入り込んだことだが、あれだけ待たされれば部屋の主を探しに行くという行動は不自然ではない。刑事だと疑う理由にはならないだろう。

陽気妃は裏口から外に出て鍵を掛け、表から戻ってきた。その間に遥の正体を知ったのだ。ビルの外にいる仲間の入れ知恵としか思えない。

『怪しいな、とは思っても、警察だとまで分かるとはな。背後関係が厄介そうだな』

晴山の見立ては正しいと遥も思った。強力なバックが付いている。それを突き止めないことには、陽気妃を押さえることは無理だろう。

『でも、刑事だって言ってきたのは、当てずっぽの可能性もある。お前もしらばっくれて、粘ればよかったのに』

「すみません」

言われればその通りだ。だが陽気妃の剣幕に押されて冷静さを失った。情けない。

『あんまり気にするな。お前もヘマをしたが、ま、占い師のパトロンの力に負けたんだよ。出直せ。布施さんとよく相談しろ』

「はい」

ふいに、喉元まで出かかった。あの控え室で感じた異様な感覚。スマホから覗く両眼。見られている、と確信したこと。

だが、占い師のこけおどしにやられて頭が変になったと思われてはたまらない。

『他の刑事を送り込んでみてもいい。こないだ集まった連中のだれかを。経験豊富な人もいるだろ?』

「でも、このヤマに積極的な人が、いなそうなんですよね。みんな忙しいのかも知れないですけど」

実際、若槻や峰にもメールで報告はしたのだが、返事一つない。潜入捜査の結果に興味もなさそうだった。若槻は特に、大物俳優に占いの順番をねじ込んでくれた。陽気妃と俳優の関係が悪化してしまうのは避けられないから念入りに詫びをしたかったのだが、電話しても出てくれない。

『だったら、なおさらお前が責任を持って当たるべきだな。次の手を考えろ』

はい、と答えるのがせいいっぱいだった。

『そもそも、摑み所のないヤマだ。これで沙汰止みになるなら、それはそれで、な』

晴山は、曖昧な決着を許容するような言い方をした。

これで闇討ちが収まるのなら、今後犠牲になる人間は減る。一度は遥もそう思った。だがこれまでの犯罪は問われないことになる。晴山は苦い現実を踏まえていた。みんな忙しすぎる。人手不足の中、新しいヤマが次々発生している。

『他の客に矛先を変えるとか。虱潰《しらみつぶ》しに、当たれないか？』

それでも糸口を探してくれる。疲れているはずなのに。遥はぐっときた。応えたい。

「それも考えたんですが、気長に張り込みをして、陽気妃の客を特定していく必要があります」

『人手が足らないか』

すると晴山は、砕けた調子になった。

『どうだ、お前、直にその占い師に会って、なにか感じたのか。クロだと思ったか？』

部下の肌感を訊いてくれる。遥は改めて考え込んだ。

「身体の調子を、繰り返し訊かれたのは、気持ち悪かったです」

自分の中の違和感を辿ると、そこに突き当たる。

「あれも手口なんだと思います。治療してあげるから、言うことを聞け、みたいな。取引のようなことを言われる可能性はあったかも。待たされた挙げ句、罵られて出てきたので、実際はどうなのか、分かりませんが……ずいぶん触られました。べたべた」

『手かざしか？　インチキの定番だな！』

晴山の激しい反応に遥は注意を惹かれた。

「私も信じてはいませんけど、信じちゃう人はいるんだろうなって思いました。なんというか、やっぱり演技は上手いんだと思うんです。なんかある、凄い人かも、って思わせるのは上手い」

『俺なら、手かざしが本物かどうかすぐ分かる』

「え、ほんとですか？」

どうして晴山はそこにこだわるのだろう。過去に何かあったのか。

『俺自身、引っかかったことがある。持病が治ったと見せかけて、薬を投与されてたんだ』

「そんなことが……」

やはり晴山にはトラウマがあった。あの警視庁の大騒動の最中にあったことだろうか。

根掘り葉掘り聞きたいが、憚《はばか》られた。

『相手の弱みにつけ込んで、治してやると言ってくるのは、最低の奴らだ』

「やっぱりインチキですよね、ぜんぶ。手で病気を治せるなんて」

『だけど、俺は』

ふいに晴山は声を低くした。

『本物にも会ったことがあるけどな』

「本物？」

『殺されても死なない。人の傷も治してしまう』

晴山は本気のようだ。少し鳥肌が立った。

「そんな……それも、嘘ですよね？　からくりがあったんですよね」

『からくり、な』

自分を笑うような調子だった。

『からくりがあってくれと思ったよ。何度もな……まあ、もう確かめられない。そいつは、いなくなっちまったから』

奇妙な予感が遥を刺し貫いたが、そこで手の中のスマホが再び震えた。また割り込み通話か？　ドキリとしたが、表示名が違う。

「晴山さん。ちょっと待ってください。布施さんから連絡が」

断って電話を切り替えた。

「えっ……また小岩で？」

8

「晴山さん。また、布施さんの管区で闇討ちです」

布施との通話を終えると、遥は改めて晴山に繋いだ。

『同じ管区でか……風向きが変わってきたな』

待ち構えていてくれた晴山は、深い憂慮を溜め息に混ぜた。

「はい。すぐ小岩に向かいます」

『行ってこい。詳細が分かったら、またいつでも連絡をくれ』

電話を切ると、遥は布施の主戦場を初めて訪れた。二時間前に別れたばかりの先輩刑事と再び顔を合わせ、詳しい話を聞く。

「自転車で巡回していた交番巡査の目の前で、闇討ちが起きた」

呆気にとられるような話だった。布施の顔色もすっかり白い。

サラリーマンらしき男が、杖をついた老人に襲いかかるという非道な光景に、パトロールの巡査は我を失った。警棒で何度も殴りつけ、乱暴に連行して小岩署の留置場に放り込んだという。

「黙秘を決め込んでる」

遥が着くまで、布施はずっとその男の取り調べをしていた。だが相手の手強さに心が折れそうになっている様子だった。

「お恥ずかしい話だが、まだ素性も分からないんだ。身分証の類いを一切持ってなかった」

遥は開いた口を閉じるのが難しかった。このヤマは深みに填まれば填まるほど常識を壊してくる。

「布施さん。直で当たらせてもらえますか」

遥は頼み込んだ。

「うん。いいよ。取り調べてくれて」

あっさり許可が出た。おとり捜査の失敗にもかかわらず、布施は遥への評価を下げないでいてくれる。それとも、疲れているだけか。藁にも縋りたい思いなのか。

「ただ、だいぶイカれてるからな。意味のある供述が出てくるかは怪しいが」

「そうですか」

遥は首を傾げ、確かめなくてはと思った。

「精神鑑定を、するんですか？」

「たぶんね。致し方ない」

遥は、監視役の若い刑事を伴って取調室に入った。一見して嫌な感触を覚える。中にいた男の歳は、三十代半ば。身なりはひどいわけではない。着ているジャケットはサラリーマン風だった。ただし肩口が裂けている。交番巡査と格闘したときにできたのだろう。無精髭を生やしている。目が濁っている。物理的に、ではない。情や温かみが見えない。そんなことは超自然的な感覚など持っていなくても分かる。

遥は、こんばんは、という挨拶から入った。

「新しい刑事が来ても、俺はなんにも喋らない」

即座にそんな声が返ってくる。頬が赤く腫れ、首の辺りにも擦り傷が見える。警棒でこっぴどくやられたのだろうが、臆していない。刑事に対する憎しみが剝き出しになっている。

この男は危険だ。刑事ならみんなそう感じるはずだと思った。人を獲物だと思っている人間の目だった。凶悪犯罪者に共通する特徴だが、一目見て分かるのはよほどのことだ。以前に人を殺しているような気がする。確証はないが、遥は確信を持った。自ずと腹が据わる。

「あなた、何を餌にお告げをもらったの。あの珍妙なお姫様に」

知るべきことはそれだ。遥は男の真正面に行き、両眼を覗き込みながら言った。最短のルートを走っているという実感がある。後ろにいる若い刑事が張り詰めたのも分かった。申し訳なさを感じる。若い女がいきなり凶悪犯に近づきすぎた。

「見返りはなに？　答えて」

訊く声は我ながら鋭い。この男が陽気妃からなにをもらったか知りたい。どうしても。

すると男はいきなり笑みを浮かべた。遥の質問をいたく気に入ったらしい。

「魂の独立だ！」

意味不明。男は誇りに溢れていた。

「真の覚醒だ。お前たち、魂の貧民には到底辿り着けない地平……道順を記した地図！迷わないで歩ける灯明《とうみょう》を、俺はもらった」

「なにが灯明よ。路頭に迷ってるくせに」

自分の切り返しとは思えないほど非情だった。

「あなたはただの犯罪者。お年寄りを襲うなんて奴は、だれよりも迷子。自覚して」

遥の容赦ない断言が、相手に痛打を与えたのが分かった。歪んだ笑みが抵抗の意志を閃かせる。

「あの老人は、罪の化身だ」

男は吐き捨てた。醜い自己正当化。遥は怒りに震えた。

「打ち倒すことで贖罪となる。老人と俺、両方が救われる！　やるべきだったんだ」

「それが陽気妃の教え？　くだらない。あなたは騙されただけ」

即座に打ち返したことが効いたのだろう。男は口をぐっと結んでしまった。

やっつけすぎはよくない。遥は次の手を考えた。恐ろしいほどに冷静だな、と我ながら感心する。まるでだれかが加勢してくれている気がした。

「捕まったあとのことまで教えてくれた？　教えてくれなかったでしょう。あなたは現に、ヘマをして捕まった。なんでそれが、陽気妃に分からなかったの？」

相手の傷をえぐる。そのことだけに集中している気がした。

「たいしたことないのよ。あなたが運命を預けた相手は」

いまあたしには相手の急所が見える。こんな男を突き崩せなくて何が刑事だ。

「あなたの眼力はその程度。本物と偽物の区別もつかない。だから人生を誤る」

ハンマーで立て続けに殴っている自覚があった。容赦なく心を壊しにかかっている。

相手の目に殺意が宿っていた。それでも遥は止まらない。

「身体の弱い人を襲うなんてろくでなしよ！　恥を知れ！」

遥自身も驚いた。どこまで容赦ないのか。後ろに控える若い刑事の腰が浮いているのが横目に見えた。いつでも間に割って入れるように。あたしだってこんな取り調べをしたことはないのよ、と言い訳したくなる。感情的になるのは御法度だと教え込まれてきた。

「いや、陽気妃は、本物だ……」

男は呻いた。まるで無実の罪を叫ぶかのような切実さがあった。

「俺には分かる……俺は昔から、そういうのは、見える方なんだ。インチキはすぐ分かる。陽気妃は本物だ……少なくとも、先を読む力はある。手かざしも」

言いながら、遥の目を覗き込んでくる。

「あんたの名前は？」

遥は一瞬黙った。だが正々堂々と言う。

「小野瀬遥」

「おのせ……はるか」

舌の上で転がすように、男はゆっくり復唱した。遥は気にしない。

「あなた、身体に不具合があるのね」

男が驚愕に目を見開いた。

「陽気妃に、身体を治すと言われた。でも、交換条件があった。そうじゃない？」

癒やし人は殴り人です。耳の中にこだましている。

「それが、あの老人を怪我させることだった。そういうこと？」

「てっ、てめえ……化けもんか！」

男は鬼を見たような顔で椅子ごと後じさった。失礼な、あたしの何が怖い？　逃げた分だけ遥は近づいた。顔を目の前まで持っていって指を突きつける。

「名を名乗りなさい！」

鞭のような声が出た。

「あたしは名乗った。あなたが名乗らないのは筋が通らない！」

すると男は、身体をぐらつかせた。椅子から落ちそうになる。

遥は素早く手を添えた。転ばないように引き戻す。

男は、電気にでも触れたように一度痙攣した。いつの間にか額が汗だくだ。

「お……俺は」

やがて男は、自分の姓と名を告げた。

9

「有本侑二《ありもとゆうじ》。三十七歳。グレーな金融会社の取り立て人でした」

半ば裏社会の人間だった。だが自分しか信じないような男でも、神頼みをする。忠実な陽気妃の帰依者だった。

「最近急激に視力が落ち、偏頭痛と手の痺れに悩まされていました。医者を回ってもまったくよくならなくて、占い師を頼ったようです。そしてのめりこんだ」

得たばかりの情報を、電話口で告げた。夜更けにもかかわらず、晴山は熱心に聞いてくれた。

『アイドル時代からのファンってわけじゃないんだな？』

だが、遥の説明に納得がいかないようだ。晴山の気持ちはよく分かった。

「はい。純粋に、占い師として、心酔してしまったようで」

『そんなのもいるか……厄介だ』

頭を抱えたくなるのも当然だった。占い師になぜそれほどの求心力があるのか合点がいかない。だから、

「交換条件があったんです」

肝心な点を説明する。

「身体の不調を治す代わりに、だれかに傷を負わせる、という取引が」

『そんなことを信じて、従う奴が、ほんとにいたか』

「はい。陽気妃は、客を操る才能があります」

会ったときの感触を付け加える。遥は、あの女の実力を認めている自分に気づいた。

「歳を誤魔化しながらアイドルを続けられたのも、コアなファンをがっちり摑んでたからです。実際、襲撃犯には、アイドル時代の忠実なファンも交じってる可能性があると思います。組織的に動かして、闇討ちの連鎖に利用してたんじゃないかと。それはこれから、裏取りしなくちゃいけませんけど」

『ふん。熱狂的なファンってのは、宗教狂いみたいなもんか。恐ろしいな、まったく』

布施も、この晴山の反応と大差なかった。完全に毒気を抜かれていた。

「因果なヤマだって気はしてたけど、まさかここまでとは……深追いするんじゃなかったな」

思わず本音を漏らしていた。気持ちは分かる。信者たちの心理が異常すぎるのだ。人はここまで何かを盲信できるものか？　熱狂的に入れあげる対象が遥にはない。好きな音楽家や俳優やアスリートはいるが、追っかけてまで会いたいとは思わない。占いに入れあげる人たちには、もっと病的なものを感じる。なぜ簡単に自分を相手に預けてしまうのだろう。

「暗示にかかりやすい客を選んで、信じ込ませたんでしょう。5の付く日に気をつけろ。満月の夜は怪我しやすい。猫は不吉だから遠ざけろ。電車よりバスに乗れ、でないと安全は保障しない。もっともらしいお告げを与えておいて、実際に怪我なんかした日には、信じ込みますよ。自分が言われた通りにしなかった。信心が足りなかったからだって」

『てことは、なんだ。信者に怪我させたり、不幸にさせる要員も、いたってことか？』

「可能性は高いと思います。とにかく、バックに何か大きなものがあるのはやっぱり、間違いないですね」

『そうか。そうやって丸め込んで、連鎖的に……客に人を襲わせてたのか』

「はい」

『だが、動機はなんだ？』

そこだ。筋の通った動機を説明できなければ、起訴するときの障害になる。

『被害者の方の共通点はあるのか』

「それが、いまのところまったく」

これぞ、布施ともども頭を抱える事実だった。陽気妃が特定の人間を、名前や素性を挙げて襲わせたという様子がそもそもない。どこでどんな人間を、という漠然とした指示はあったとしても、お告げそのものがアバウトだったようだ。

『じゃあ、陽気妃は愉快犯か。信者を操って、全能感を味わって楽しんでたのか？』

「その可能性も強いと思いますが」

遥の口は重くなる。動機を説明するには分からないことが多すぎた。本人に確かめるしかない。結局そこへ行き着く。

『まあ、よく吐かせたな』

晴山は、物事の明るい面を見ることに決めたようだ。

『他の容疑者にも当たらせてもらえ。いまなら連戦連勝だ。小野瀬遥なら落とせる、みんなそう認めてくれるぞ』

冗談だが、晴山は半分は本気なのだろう。遥は苦く笑う。布施のお膝元だから許されたのだ。他の管区で同じことが許されるとは思わない。

「布施さんと相談します。いま取れているのは有本の証言だけなので、もっと証拠や証言を集めないと」

『焦らず拾っていけよ。捜査は、地道な積み重ねだ』

「はい。ありがとうございます」

そこでふいに、遥は言いたくてたまらなくなった。私には助っ人がいるんです、と。

彼が手を添えてくれている。間違いないと思った。取り調べでの有本の反応は異常だった。自分でも異常だった自覚がある。見てはならないものを見てしまったかのような有本のあの表情。子供みたいに自分の名前を吐いた。

思えば、秋に黄昏派出所を訪れてから、体質が変わってきた気がする。匂いや、温度や、気配に敏感になった。感覚全般が鋭くなった。それはもしかすると、犯罪者たちに対してもだ。心の変化を読める。相手がどれほど罪深いかも、なんとなく分かる。

どうやって感謝したらいいのだろう。

——よろしくお伝えください。

秋に、黄昏の中で聞いた言葉が甦る。

あたしは確かにそう言われたのだ。なのに伝えていない。

晴山さん。彼が、よろしくお伝えくださいと言っていました。

喉元まで出かかって、また呑み込む。どうしても言えない。脈絡がなさ過ぎる。〝よろしく伝える〟って、案外難しいよな。遥はしみじみ思った。ごめんね。なんにも言えてないの、晴山さんに。これからも無理かも。遥は心の中で手を合わせた。

『これからどうするか、決まってるのか?』

晴山に問われ、遥は答えた。

「はい。本丸を落とすしかないと思っています」

『で、落とせるのはお前だけ。そういうことだな?』

はい、と力強く返すことはできない。自信があるわけではなかったからだ。

だが一刻も早く止めなくては。陽気妃から自白を引き出し身柄を確保する。その大事さを力説すると、布施忠夫は頷いた。再び占いの館に挑むことを承知してくれた。

「しかし、また、君一人で乗り込むのは危ない。それでなくとも君は、一度追い払われている。今度は私が行った方がいい」

その台詞は嬉しかったが、

「なにか作戦はあるんですか?」

あえて厳しく訊いた。布施はたちまち萎れた花のようになる。

「私には、あります。とっておきの作戦が」

まだ漠然としたものしかなかったのに、自信たっぷりに言い切っている自分がいた。

怒りのなせる業だ。なんとしてでもあの女をとっちめて、闇討ちを金輪際やめさせる。

遥は布施に、明日再び占いの館を訪ねることを承知させてから、晴山に電話し、事の顚末と決意を伝えたのだった。

『俺も行こうか』

晴山はそうまで言ってくれた。

「いいえ、大丈夫です。女同士の対決に邪魔を入れないでください」

冗談めかして余裕を見せる。晴山は少し笑ってくれた。

『無理だけはするなよ。いつでも連絡しろ。俺からも布施さんに改めて、お前を頼むと言っておく』

「ありがとうございます」

10

翌日。朝から新宿のビルに貼りつき、陽気妃がやって来るのを待ち受けた。最初の客が来る前に突撃すれば、一対一でやり合えるという狙いだ。

午前十時。陽気妃が現れ、エレベーターに乗った頃合いを見計らって、遥は覆面パトカーを降りた。まず準備を整えなくてはならない。

「二十分だぞ」

車を離れる前に布施は確認してきた。遥は頷いて去る。まずは一人で当たらせてくれるという約束だ。遥が押し切った。

ただし二十分経ったら、遥から連絡があろうとなかろうと、布施も踏み込むという段取りだった。時間がない。遥は、ビル横にあるコンビニのトイレに駆け込んで身支度をした。鏡を見つめ、ふだん使わないものを使って自分の顔に手を入れる。これが正解かは分からない。狂気の沙汰という気もする。だが、狂気には狂気で対抗する。もう心は決まっていた。

やがて自分の顔を正視できなくなった。鏡から目を逸らし、トイレを出るとコンビニを後にした。用意した鍔の広い帽子を目深に被ると、コンビニの駐車場の覆面パトカーの中にいる布施から見られないように、素早くビルのエントランスに入る。エレベーターのボタンを押した。

四階に着き、帽子をなおさら目深に被るとインターホンを押す。応答があると、

「あっ、すみません、約束の時間より早かったですか？」

とうっかり者の客を装う。声は低くして男か女か分からないようにした。

カチッと音がしてオートロックが開いた。館の主はドアをすんなり開けてくれた。開けなかった場合は強硬手段に出るつもりだったから、幸先は良しだ。

無人の待合室に用はない。遥はノックもせずに占い部屋に踏み込んだ。

「磯村虹子《いそむらにじこ》」

遥はいきなり相手の本名を呼ぶ。意識して低い声を出した。

「お前は、良くない」

「えっ、なに？」

相手はパニックに陥っている。いきなり入ってきた客の顔が帽子で見えないのだ。

遥はうつむいて帽子を取り、ゆっくり顔を上げた。

ひっ、という悲鳴が締まった喉から漏れる。奇襲がクリーンヒットした。遥はなおも集中する。言葉を選べ。間違えるな。

「お前は——仕事に失敗した」

自分の喉から出たとは思えない、威厳のある響き。

「ぜんぜん駄目だ！」

声量が一気に上がる。

「廃業しろ！」

我ながら、雷が落ちたような鮮やかな一撃。目の前で相手がぶるり、と震えるのが見えた。

「ゆ、ゆ、ゆ」

陽気妃はいきなり平伏した。

「……許してください」

言いながら、縮こまった身体を震わせる。顔を床にこすりつける。怖くて顔を上げられないようだ。館の主は憐れなほど小さく見えた。

「ゆるさない」

容赦なく追い打ちをかける。仕留めてしまわなくてはならない。

「お前、何人、怪我させた」

「ごっ……五人です、すっ、少なくとも」

陽気妃こと元アイドルの磯村虹子の声は、いまにも消え入りそうだった。

「でも、もっ、もっと……ペース上げますからぁ！　お許しを！　お願いします、プロデューサー！　殺さないでください、びょっ、病気にしないで」

プロデューサーだと？　犯罪者にプロデューサーがいてたまるか、と思いながら、すべて読めた気がした。自分の抱いた直感に適合することに驚く。あたしは本能的に正しい作戦を選んだ。だがまだだ、相手の首を取ってはいない。

遥は胸のポケットの感触を確かめた。ICレコーダーは作動している。だが果たして証拠になるか？　こんな突拍子もない引っかけ作戦が。もっと決定的なことを言わせなくては。

「だめだ。足りない！」

遥は自分が〝プロデューサー〟になった気分だった。

「もっと怪我をさせろ！」

「はい！　やります！　だから……」

占い師は再び、床にめり込むほどに頭を下げ、それから唐突に上げた。

何かを感じたようだ。怪訝そうに首を傾げ、恐る恐る、上目遣いで遥を見た。

「あ……あんた」

気づかれたか。だが遥は退かない。じっと待つ。

「こないだの刑事！」

ばれた。だが最低限の言質は取った。怪我をさせたと女は認めた。

「あなたの声は録音した」

刑事らしい冷徹なトーンに変える。

「無実の人を襲わせるように仕向けたのはあなた。もう言い抜けできない」

「なんでその眼を⁈」

遥の詰問が耳に入っていない。〝眼〟。陽気妃の頭はその疑問でいっぱいになっている。

「どっ、どこで、プロデューサーに会ったのよお⁈」

心の底から安堵する。当たりすぎて怖いくらいだ。あたしは賭けに勝った。

あのとき、一瞬だけ見た両眼。この館の奥の部屋で。

それをメイクで再現した。自分の顔の上に。

微かな印象しか残っていなかった。だが充分だった。あの存在感。異様だった。燃えていた。睨んできた――大きな瞳。吊り上がった目尻。激しい害意。

残っている印象をそのまま、鏡に映った自分の顔にぶつけた。手が自然に動き、ふだん使わないアイライナーやマスカラやファンデーションやリップを使いこなして、自分の顔を全くの別物に変えてゆく。マイナーな美術館か、アングラのライヴハウスでしか出会えない顔を得てここに乗り込んだ。

陽気妃は、遥の顔を一目見て崩れ落ちた。直感をそのまま顔に移植して正解だった。〝プロデューサー〟に成り代われた。ほんの数秒でばれてしまったとしても。

「あたしが刑事だって、あんたに教えたのも、そのプロデューサーね」

確かめなくてはならなかった。陽気妃は反射的に頷いた。無防備だ。憑き物が落ちたかのようだった。この女の魂のガードが下がっているのを感じる。少しだけ相手を可哀想に思った。驚かせすぎたか。

「ど……どおやって、プロデューサーに、会ったの？」

どうしてもそれが気になるらしい。自分だけの〝プロデューサー〟を盗まれたような気分か。

「裏の部屋で見た」

陽気妃はぐっと目を見開いた。そこから唐突に、涙がぼろぼろとこぼれ落ちる。

スマホに映っていた。いや、宿っていた。正しい表現が見つかるとは思わない。だから言わないし、親切に説明する必要もない。この女には伝わっている。

思えば、頭から終わりまで常軌を逸した事件だ。刑事たちには理解さえできないだろう。解決は無理。全貌に迫ってきた布施にも。常識の範囲に収まっている人では、真実に辿り着けない。

だからあたしにお鉢が回ってきた。そう思えることは、慰めだった。存在価値がある気がするから。黄昏派出所のおかげじゃないの？　そんな皮肉も聞こえる。結局だれかに頼っているだけだと。

それでもいい。遥はあえて笑顔を作った。あの世だろうとこの世だろうと、信頼できる仲間がいれば。警察官同士だ。手助けを拒む必要はない。互いができることをして悪人を捕らえた。それ以上に大切なことがある？

「あなたを、傷害教唆容疑で逮捕します」

遥は言い渡した。

「あたしは、プロデューサーの命令に従ってただけよお！」

磯村虹子の言い訳は見苦しかった。

「怖いんだから！　ほんとに、病気にさせられちゃう。逆らったら……言うことを聞くしかないの！」

そこでインターホンのベルが聞こえた。時間が来たのだ。

床で動けない家主の代わりに、遥が壁のパネルを操作して鍵を開けた。

「中へどうぞ」

とマイクに向かって言う。やがて、あわてたようにドアが開いた。

「大丈夫か？」

布施忠夫が顔を覗かせる。

「彼女が自白しました」

振り返って言うと、布施の目が飛び出した。

「あっ、これは、訳があって……」

自分の顔の惨状を思い出し、遥はあわてて説明しようとした。だが無理だと気づく。

布施はドアから後じさりした。腰を抜かしそうだ。同僚の正気を疑っている。占い師に感化されておかしな儀式でもやっていると思っている。

「落ち着いてください。作戦の一環です」

説得力があるとは自分でも思わない。近寄って肩に触れると、布施の顔は恐怖に歪んだ。あたしはいい歳をした先輩をこんなに怯えさせている。

「彼女は認めました！　いろんな人に怪我をさせるよう命じていた。声も録音しました。連行を、お願いしていいですか？」

理性的な口調を心がけた。すると布施はようやく落ち着いてくれた。ゆっくり頷き、腰から手錠を取り出す。

遥は頷き、布施が磯村虹子に向かうのを確かめると、そのまま奥を目指した。どうしても確かめておきたい。コンクリートが剝き出しになった殺風景な部屋へと踏み込む。

だれもいない。昨日と同じだ。

テーブルの上に二台のスマホが並んでいるのも同じだった。真っ黒な二つの液晶画面を遥は睨む。

あの眼が見えたのはほんの一瞬だ。それでも、真似をするには充分だった。

「あんたのフリをさせてもらった」

遥は呟いた。相手が聞いていると信じて疑わない。

「だれだか知らないけど、許さない。捕まえてやるから」

宣戦布告。

反応がない。どこからも声は返ってこない。真っ黒な電子機器は、うんともすんとも言わなかった。

まるで死んだふりだ。遥は二台とも取り上げて床にたたきつけたくなったが、堪えた。大事な証拠品だ。〝プロデューサー〟が送ってきた指令が残っているかも知れない。データを押さえられれば決定的な証拠になる。

〝プロデューサー〟が生きた人間であることを遥は疑わない。

ただし、ただの人間ではない。それも確信していた。

癒やし人は殴り人です。あの言葉の正しすぎるほどの正しさを、いま実感する。道案内くんがわざわざ電話に割り込んできてアドバイスをくれなかったら。あたしが彼のメッセージを受け止め損ねていたら。ここまで漕ぎ着けられなかった。そう思うと、じんわりと感謝の念が湧いてくる。

あたしこそお告げで動いてる。そう思って少し、口許が歪む。刑事というより、言われるままに動く巫女か。占いの客たちを馬鹿にできる立場じゃない。これで一人前の刑事と言えるのか？

だけど、あの巡査と話せるのはあたしだけ。だったら、自分の仕事を果たすだけだ。

11

「あの女、えらく素直に喋ってくれたよ。有り難いが、まあ、精神鑑定案件だな……刑事裁判まで行けないかもしれない」

布施忠夫の感想にすべてが集約されている、と思った。

首謀者を確保はできた。だが、陽気妃は本当の首謀者なのか？　根本的な問題が、喉に刺さった小骨のようだった。布施は〝プロデューサー〟というありもしない妄想が陽気妃を突き動かしていたと信じている。遥はせいいっぱい異を唱えた。

「スマホを調べてください。だれかから指示が来ていた可能性はあります」

布施の反応はよくなかった。これ以上に厄介な真相が明らかになれば、自分の頭が保たない。そんな気持ちなのだろう。

「すみませんでした。驚かせてしまって」

だから何度も謝った。布施を解きほぐしたい。

「陽気妃に直接会ったときの、感触だったんです。彼女の背後に感じた存在……いま思えば、その〝プロデューサー〟を、直感で、自分なりに表現してみました。占い師のくせに、信じやすいっていうか、思い込みの激しいタイプだなって思って。一か八かで、取り憑かれた人間を演じてみたら、信じてくれました」

「いや、すごい作戦だよ。感心した」

布施は口ではそう言うが、遥を見る目が明らかに変わった。決して目を見ようとしないのだ。明らかに無理のある自分の説明のせいだが、他に説明のしようもない。

「とんでもないです。ラッキーパンチでした。こんな作戦、一か八かだから、ほんとならやめるべきでした。あたしも追い込まれて……」

「いや、確保できたじゃないか！　このヤマ、君に加わってもらって正解だった。さすが、晴山君が見込んだだけはある」

遥は曖昧に笑うだけにした。晴山の株が上がるなら否定しないでおく。

さて、その晴山にどう報告しよう。

一段落ついたが、終わってはいないという確信がある。陽気妃を操っていた〝プロデューサー〟は手つかずだ。どうやって追えばいい？　まともな捜査活動で迫れるのか。

そうは思えない。

また電話をくれないだろうか。スマホを手にしながら、つい期待してしまう自分がいる。できるならこっちからかけたい。もちろんあの派出所の番号は知らない。

まだ通信会社に問い合わせていなかった。割り込まれたときの着信履歴や料金はどうなっている？　たぶんどうもなっていないだろう。単に晴山にかけたという履歴が残っているだけ。陽気妃の二台のスマホの履歴も本当に気になるが、まだ鑑識から分析結果が届いていない。布施は解析を急がせると言っていたが……こっちから鑑識に問い合わせようか。

手の中のスマホが震えだした。　表示名を確認してすぐに出る。

「はいっ、小野瀬です！」

嬉しくて声が跳ね上がる。　向こうから連絡をくれるとは。早く詳細を報告したかった。

『小野瀬』

ところが、晴山の声はめったにないほど張り詰めていた。

『闇討ちが解決したんなら、こっちに加われ』

「あっ、はい……」

『連続で殺しだ。捜査本部が立つ』

続けざまに命が潰されたらしい。季節の色が変わった。遥はそう感じた。灰色から黒に。

「すぐに行きます」

遥は答えた。黄昏の世界から届いた声が、ふいに耳の中に響く。

これは、片翼に過ぎません。黒い翼と、灰色の翼の、灰色の方。

灰色の翼は落とした。

黒い翼の羽ばたく音が、聞こえる気がした。

第三話　謎掛鬼

1

また黄昏派出所を訪れた。もはや感慨もない。簡単に来られるからだ。そして決まって、道案内の巡査は不在。いないことの方が当たり前だから期待もしなくなった。

だが、今日はいつもと違う。違和感がある。

遥がふと見上げると、派出所の看板の文字がこうなっている。

タソガレハシュツジョ

なんでカタカナ？　遥は電報の文字を連想した。昭和のドラマに出てくる電報の文字は決まってカタカナだ。あまり吉兆には思えない。だいたい家族の危篤を知らせるもので、「スグカエレ」と続くのがパターンだからだ。それにしても、派出所の看板が漢字からカタカナに変わる意味がまったく分からない。

目が覚めてからも、もやもやした思いが胸に残っている。昨夜寮に戻れたのは恐ろしく遅い時間で、連続闇討ち事件の首謀者・陽気妃を小岩署に連行する手伝いをしたからだが、身体を休めるために無理やり寝床に入った。こんなにももやもやするなら、徹夜した方がマシだったと後悔した。

今日から新しいヤマが待っている。晴山以下、7係全員で立ち向かう難局だ。

2

「事態の緊急性を考えて、当面は少数精鋭で当たるべき。一課長と刑事部長にそう提言して、受け入れられました。もちろん今後拡充することもあり得ますが、いまは4係と7係の合同チームが中心となって捜査に当たります」

警視庁本部の中規模会議室において、柳楽宣次理事官は終始てらいのない調子で言った。小野瀬遥は感心しながら柳楽の顔を見つめる。

捜査本部が起ち上がったが、誘拐事件の時のように無闇に人員を増やしても効率が悪いという現場での学びだった。世間体を考え、見栄えを良くすることにこだわるのがお偉方の常だ。この柳楽という警察官僚は違った。現場本位で考えてくれる。

今後、批判されるリスクはある。この理事官の判断が功を奏したことを証明したい、と遥は思った。今回のように捜査本部が本庁に置かれる例は多くない。よほど広範囲の連続事件か、秘密捜査に近い場合に採用される。今回のケースはそれに当てはまるという判断で、所轄署からは直接の担当者のみがここに来ている。事態がいかに深刻で急を要するかが知れた。

「では、土師《はじ》係長。事件の概要の説明をお願いします」

柳楽の求めに応じて、女性が立ち上がって口を開いた。

「みなさん。早期逮捕が至上命題です。マスコミやネットも騒ぎ立て始めている。早く被害の連鎖を止めないと」

その悲壮さに溢れた表情を、遥は眩しい思いで見やった。

捜査一課第三強行犯捜査殺人犯捜査第4係長、土師育子《いくこ》だ。

四十代前半。晴山の少し先輩で、捜査一課で唯一の女性係長だ。遥には尊敬しかない。いまよりずっと女性刑事が少ない時代から、志を捨てずに頑張ってきたに違いなかった。強行犯畑には、組対部と並んで女性刑事がまだまだ少ない。対処する案件の性質を考えれば当然、という意見もあるだろう。残虐だったり陰惨だったりする、殺しのヤマを処理するのは殺伐とした男所帯にふさわしい。本当にそうだろうか。

どの部署にも女性が絶対に必要だ。できるだけ多い方がいい、と遥は感じていた。女性でないと気づかないことがある。女性の持つ繊細さ。弱い者に対する気遣いと思い入れ。男の視野に入らないものを女なら捉えられる。オスの論理では逃してしまうものを逃さない。

遥は、自分の中に女の性を強く感じたことはない。平均よりもあっさりした質なのだろうと思う。特定の男に恋い焦がれるような経験もしてこなかった。それでも、自分にしかできないやり方があると信じていた。だから、土師育子が男社会の極みのような警察組織でどうやって生きてきたか知りたい。個人的にゆっくり話したことがないから、このヤマがいいきっかけになって欲しいと思った。

「この連続事件の特徴は、被害者の名前が事前に予告されることです。しかも謎解き、という形で」

だが、聞けば聞くほどこのヤマの異常性が際立つ。晴山に呼ばれたときに事件の概要だけは聞いていたが、まだ信じられなかった。

「一人が犠牲になると、速やかに次の予告の謎解き問題が出ます。そして実際に、次の殺人が起こる」

土師の口調には怒りが滲んでいた。彼女が指し示した、ホワイトボードに貼り出された表によれば確かに説明通りだ。予告が出て三日以内に次の犠牲者が殺害されている。すでに三人が犠牲になった。

ほんの一週間前に、それは始まった。

「待て」

当然の疑問が飛ぶ。捜査一課長の小佐野史朗だ。柳楽理事官と並んで、会議室の最奥に座っている。
「同一犯が、自分でその謎を作って、自分で答え合わせをしてるってことか？」
「いえ。おそらく違います」
土師育子は即答した。全員が、その悩める目許に惹きつけられていた。最も早くから
このヤマに関わってきた人間の苦悩がそこには溢れていた。
「扇動型の組織犯罪だという分析です。田久保《たくぼ》」
土師は自分の隣にいる男の名を呼んだ。目で応えた男は、座ったまま報告を開始する。
目の前にはパソコンがある。
「殺人予告の謎解きがアップされているSNSが、複数見つかっています」
生活安全部サイバー犯罪対策課の田久保愁《しゅう》だった。三十代、テクニカルオフィサー。
長年サイバー犯罪の捜査に従事してきた者だけが与えられる称号だ。遥も仕事を依頼し
たことがある。捜査一課に配属になったばかりの頃に担当したヤマがネットストーカー
絡みで、容疑者のSNSのアカウントを突き止めるために頼った。田久保はいい意味で
オタク気質。仕事に対して実に凝り性で、知識が幅広い。ITがらみでは彼に訊けば分
からないことはないと思うほどだ。
「おそらく、首謀者がハッシュタグをつけて拡散させています。不特定多数のユーザー
の検索に引っかかるから拡散のペースが上がってはいますが、本当の目的は、符丁を知
る内輪に向けたメッセージと思われます。この〝予告謎解き〟をだれがいちばん初めに

投稿しているかを分析中ですが、投稿側もなりすましのアカウントを多数用意してうまく痕跡を隠しています。相当、ネットに精通している」

「首謀者は単独犯か、複数犯か？」

「それはまだ分かりませんが、まったくの単独ということは考えづらいです。エキスパートがブレーンとしてついている可能性もある。それぐらい巧妙です」

これほどタチの悪い事件は滅多にない。だれがなんの目的で？

「今までの三件は、やり口も凶器も違い、目撃証言もありますが、実行犯と疑われる人間の背格好はぜんぶ違います。被害者の名前が〝謎解き〟によって示されているという共通点がなければ、関連した事件とは見いだせないぐらいです」

「ということは……次も読みづらいか」

小佐野一課長が低く唸り、

「早く謎を解いて、被害者を保護すればいいんです！」

遥と同じ7係の酒匂三郎《さぶろう》が声を上げた。至極真っ当な意見だ。それが合図になったように、多くの刑事が自分のスマホを取りだし、

「ハッシュタグを教えて！」

と訊いた。土師はボードに貼っておいた紙を指す。

「これです」

遥は眩暈を抑えられない。なにがジャスティスだ！　と叫ぶ声も聞こえる。予想をはるかに上回るイカれ方だと思った。ダークな映画やアニメを本気で実現しようとする病んだ魂の仕業だ。

「SNS各社に要請して、このハッシュタグの付いた投稿を削除させるべきですね」

柳楽理事官の口調は冷静だが、明らかに怒りが籠もっていた。遥はその様子に惹きつけられる。役人然として、捜査に口を出さない理事官も多い中で、彼の態度には好感を持てる。実際、彼の働きは現場の潤滑油になっている。

「SNS運営側に対して、警視庁として正式に、投稿者の特定を要請するべきじゃないでしょうか？」

柳楽は真横に座る小佐野一課長に提案した。頼もしげな頷きが返ってくる。

「部長に頼んでおく。なりすましの問題はあるが」

刑事部長へ上申するのだ。そのまま刑事部長の名で要請が行けば、SNSの運営側にはかなりのインパクトになる。警視総監名義ならなおいい。

「お願いします。これは、大掛かりな殺人教唆ですから」

土師が頭を下げ、全員が強く頷いた。

「SNS側も最善は尽くしてくれると思います。ただ、ホシは多くの分身を用意して攪乱してくる。期待しすぎは禁物だと思います」

田久保のプロフェッショナルな意見を噛み締めた上で、晴山が宣言した。

「このヤマを片づけないうちは、年は越せない」

おう、と応じる声が会議室中に響く。この一体感が遥は嬉しかった。

「にしても、首謀者は、ガイシャたちを恨んでたってことですか？　私的制裁？」

晴山の問いに、土師の表情は冴えなかった。

「その可能性は高いですが、まだ分かりません。共通点が見いだせなくて」

二人の役割がはっきりしている。少し前から土師に協力している晴山は、すでに知っていることも多いはずだ。それでもあえて質問する立場を取る。全員に分かりやすく説明すること。同時に、現場の長はあくまで土師育子であることを印象づけるためだと遥は感じた。自分の方が目立ってしまわないようにという晴山の気遣いだ。

遥はホワイトボードを見て確かめる。会社役員。モデル。プロゴルファー。被害者は確かに職業も年代もバラバラ。一見して共通点は浮かび上がってこない。全てのケースを詳しく知りたい。

一方で、猛烈な既視感が湧いてくる。

「しかし、ハッシュタグ一つで、殺人までやるもんですかねえ」

酒匂が至極まっとうな感想をもらした。ほぼ全員が発言者を見る。酒匂はドギマギした。根っからのラガーマンで、非番の日は母校に行って後輩たちとスクラムを組みまくるような男だ。殺人者の心の闇の深さは理解しがたいのだろう。

「謎解きなんかさせて、人を殺したがってる奴がそんなにいるってことですか？　俺には、信じられません」

酒匂が覚悟を決めたように言うと、

「本当だな」

晴山が大いに頷き、

「気になりますね。どんなコミュニティが、このハッシュタグに従うのか」

柳楽理事官は知的な言葉で問題点を浮かび上がらせた。

「考えられることは、たとえば、カルト集団」

テクニカルオフィサーの田久保が目を輝かせながら言った。すでに分析を進めていたらしい。

「だれかを教祖と崇めて、その〝謎解きジャスティス〟を指令と受け取っている人間が一定数いる。という仮説は、今回の場合、妥当性があると思います」

「そいつらの間で謎解きを競わせて、一番乗りに報酬でも与えてるってことか？」

晴山の言葉はいささか野卑だが、本質を捉えていた。

「答え合わせの結果が、殺しか？」

「おそらくそうです。あるいは、被害者の死が集団の利益になるのか。ただ、その集団というのが、いまのところ特定できません」

聞いている土師係長の顔色が冴えない。晴山に助力を求めた理由が分かる。

「ふざけやがって」

晴山の憤り。これこそこの場にいる刑事の総意だと思った。遥も拳を握りしめる。

「最近、謎解きブームでしょう。それを作ってる集団は関係ないですか？」

柳楽の指摘は鋭いと思った。ところが、田久保も土師も顔を曇らせる。

「私もそう睨んで、当たってみたんですが」

土師育子に抜かりはない。その上での浮かない顔だ。

「謎解きクイズを得意とする若者グループ〝プレシャスQ〟は、ネット上で攻撃を浴び始めています」

「え？　なんでですか」

「だれかが〝謎解き連続殺人事件〟と題して、事件経過をネットにリークしたせいです」

田久保の説明でぐっと緊張感が増す。

「暗にプレシャスQに対して、一連の事件に関わりがあると匂わせる内容です。それに影響を受けて、〝あいつらこそ真犯人だ〟とか、〝顔を売るために殺人してる〟なんて極端な書き込みまで出ています」

「彼らの成功をやっかんでいる人たちでしょう。よくテレビに出ているから」

柳楽が一般人目線の意見を言い、

「悪意を持った数人が、扇動しているように見えます」

と田久保は実地に分析した結果を報告をする。

「まさか、本当に彼らの仕業だってことはないんでしょう？」

思わず遥が訊くと、土師が頷いてくれた。

「これで本当に犯人だったら、どうかしています。でも、おかげで、彼らの協力を得るのも難しくなった」

「さっき改めて、拒まれました」

田久保が報告した。

「この事件には一切関わりたくないと」

「そうか……」

晴山が頭を振った。若者たちの気持ちは分かる。だがそうなると、謎は自前で解かなくてはならない。この会議室で。その事実が肩にのしかかってきて、刑事たちは頼りなげに顔を見合わせた。謎解きのプロを味方につけられれば捜査は容易だったはずだ。警察に協力させない。よもやそれが、首謀者の狙いか？　みんなの頭を過《よ》ぎっているはずだが、口には出さない。

「答えなしにゼロから解くとなると、やっぱり難しいと思います」

まさに土師が核心を突いた。田久保もぼやく。

「そうなんです。ここまでは、答えが分かってから逆算できるから、なんのことはない謎にも見えるんですが」

「いま出てる最新の謎っていうのは？」

晴山が訊いた。

「いままで出た謎もぜんぶ、詳しく教えてください」

遥はホワイトボードを指しながら声を上げた。

「傾向と対策っていうか……全体像を把握しないと」

「ごもっとも」

田久保は言い、紙にまとめた資料を全員に配ってくれた。ホワイトボードに貼りきれなかった謎解き問題の詳細だ。

「なんだこれ」

ページをめくるなり、酒匂が嘆きの声を上げた。7係の刑事の大半は初見だ。酒匂は底なしの体力を持つ男だが、考えるより身体が先に動くタイプ。刑事がふだん必要としない能力を使わねばならないことに気づいて顔をしかめている。

遥も同感だった。まず最初のページ。一つ目の謎は、たった一行に過ぎない。

3

たたりもまやかし

「これが、最初の謎？」

晴山が確かめる。すでに知っているはずだが、まだ役割を守っている。

「はい。あとから思えば、ですが」

田久保は正確を期す答え方をした。

「あのハッシュタグをつけられて、この一文がネット上にアップされたとき、ほとんどの人には無意味な独り言に見えたでしょう。大して拡散もしなかった」

「祟りも、まやかし？」

遥は素直に読んだ。

「祟りなんてない。まやかしだ、ってことでしょうか」

「このメッセージが、なんだか祟りみたいだけどな」

晴山が眉を顰め、土師が頷く。柳楽理事官は苦い笑みを見せた。

「こんなにシンプルだと、さりげなさすぎて気にも留めないですよね」

柳楽も、この謎についてはもう報告を受けているはず。むろん小佐野一課長もだ。遥はふと小佐野の顔を見て、笑いそうになってしまう。表情が石のようだった。小佐野もどちらかというと足で捜査してきた叩き上げなので、込み入った知能犯罪に対しては妙に無表情になることがある。

「ほどなく、山下隆盛《やましたたかもり》という五十代の会社役員が刺殺されました」

田久保が告げた。ホワイトボードにはそう載っている。すると一人の刑事が立ち上がった。

「調布署の新井《あらい》であります。報告差し上げます」

律儀に話し出した。事件が発生した所轄署の刑事だ。若い。緊張している。

「場所は狛江の住宅街、本人宅の玄関先です。殺害方法は刺殺。凶器は小ぶりの包丁で、現場に遺棄。指紋は見つからず」

新井は髪をきっちり横分けにした細身の男だった。全く紙を見ずに喋っていることから、若いながらも現場に立ち会った最前線の刑事と知れた。

「足跡などもありません。おそらく、ホシは宅配便業者などを装って訪問し、隙を突いて山下氏の首に斬りつけたものと思われます」

遥は新井の説明を聞きながら、謎の一行を見つめていた。ふと言う。

「ちょっと待ってください。被害者の名前……」

「山下隆盛」

田久保が、試すように遥を見た。

「親が、西郷さんにあやかってつけた名前だろうな」

晴山が言い、

「いや。そうじゃないんです。もしかして」

遥は紙に書いてみた。被害者の名前をひらがなで。

「やましたたかもり……たたりもまやかし」

土師が頷く。晴山も満足げに遥を見た。

「単純なアナグラム、ですね。被害者の名前を入れ替えた」

柳楽が言うと、そういうことです、と田久保が明言した。

「遺体の発見現場に、メモの形で残されていました。例の〝#謎解きジャスティス〟も入った、印刷された文字でした。まるで答え合わせ、という感じで」

「なめてやがる」

酒匂の顔が紅潮している。

「それだけじゃありません」

土師も顔の引き攣りを隠さなかった。

「現場には、新たな謎も残されていた」

「現場にも！」

「同じタイミングで、その謎がネットにもアップされ、拡散開始です」

田久保の説明に、

「非常に悪質だ」

柳楽が付け加えた。

「その謎の内容は……これですか」

遥が資料のページをめくると、載っているのは文字だけではなかった。まずアルファベットが。

BRILLIANT|LLIT

その下にイラストがある。簡略化されたもので、棒状のものが弓なりになり、先に糸が付いている。釣り針らしきものも見える。

「釣り竿？」

そのようだ。田久保が頷いた。

「またアナグラムですか？」

「今度は違います」

田久保が紙の資料を掲げて、みんなから見えるようにした。アルファベットの中にある「|」と、釣り竿のイラストを囲っている括弧にマジックでマルをしてあった。

「まずこの、ハイフンのようなもの。これをハイフンと読んでしまうと解けません。答えを言ってしまいますが、これはマイナスです。それと」

なるほど、と遥が思考を進めようとするより早く、田久保はイラストの解説に移る。

「イラストを挟んでいる括弧の色に注目してください」

確かに。括弧の部分だけ色が赤い。どういう意味だ？

「こっちは素直に、引き算をすればいいんだな。ブリリアントという英単語からエル・

エル・アイ・ティーを引くと……BRIAN?」

晴山が解いてみせた。遥も同じことを考えていた。だがイラストの方が分からない。

晴山もそこで止まった。

ふう、という土師育子の溜め息が、いやに大きく聞こえた。

「赤い括弧をされた竿。種明かししてくれ」

小佐野一課長が渋い顔で促した。答えを知っている顔に見えない。もしかすると本当にまだ知らなかったのか。答えだけを聞き、解き方は教わっていないのかも知れない。

「赤い括弧を、あ・か、と読むんです」

田久保は意外そうな表情で答えた。

「あ、とか、で竿を挟んだらどうなりますか?」

「あ・さお・か……」

「そうです。名字ができあがります」

「そんなことかよ」

酒匂が拍子抜けしている。子供だましに引っかかったような屈辱感。だがそれが謎解きというものだ。どう言い訳しても負け惜しみになる。

「さっきのブライアンと組み合わせると、ファッションモデルの名前になります」

「そうなのか」

「ブライアン浅岡《あさおか》。ハーフでタレントもやっていました。有名ではなかったので、そこまで大きなニュースにはなっていませんが」

「殺害方法は？」

そこで、遥の知らない刑事が応じ、立ち上がった。

「蒲田署の上西《うえにし》です」

会釈すると、しゃがれた声で喋り出す。

「ブライアン浅岡は、溺死体で見つかりました。多摩川です。どうやら、夜中に橋の上に呼び出されて、突き落とされたようで」

「死因は溺死か？」

「はい。司法解剖での結論は、そうです」

上西は坊主頭で目つきが鋭い。声音と言い、組対部に合う容貌をしている。実際に組対部所属が長かったのだろうと遥は思った。

「ただし、頭部を強打された痕がありました。突き落とされる前に鈍器でやられてます」

「……絶対殺したかったんだな」

「メッセージは、やはり現場にあったんですか？」

遥が急いで確かめると、沈痛な面持ちで説明したのは土師だった。

「橋の欄干に結びつけてあった。ご丁寧に、答え合わせしたメモと、次の謎が」

「ということは」

柳楽が割って入った。

「答えを一番先に出して、殺害を実行した人間が、次の問題を他の連中に置いていった？」

「と考えられます」

田久保が早口で答える。

「不特定多数を扇動しているのか。それとも、たとえば二チームの対戦形式になっているのか。それはまだ分かりませんが」

「どっちにしろ最低だ。次の謎は？」

晴山が促す。刑事たちが一斉に資料のページをめくった。第三の謎にみんな唖然とする。

4

「なんだこりゃ……さっぱり分からん」

酒匂三郎が、ほぼ全員の感想を代弁する。

「今度はほぼ、数字だけです。その下に、鳥の写真が」

田久保の説明通りだった。羅列されている数字は、9・24・14・10・23・38・43。その下の写真に写っている鳥はカモメに似ている。ただし、少し大ぶりで、くちばしも長いような気がした。

「アホウドリです」

田久保が淡々と解説して寄越す。

「日本では、小笠原諸島などの島で飛来や生息が確認されています」

「毎回、出題のタイプが違うんだな……」

柳楽が注意を促すように言った。遥は気になって訊く。

「出題者が違う、ということですか？」

「そうとは限りません。謎解きの問題を作れる人は、いろんなタイプを作りますし」

「この謎による、昨日の犠牲者が、金崎智世《かなさきともよ》。女性プロゴルファーです」

土師が無念そうに言った。女性か……遥は名前を知らなかったが、衝撃だった。首謀者たちは全く容赦がない。誰であろうと見境なく殺してしまう。土師が続けた。

「このケースについては私もすぐ臨場しました。ゴルフの練習場の更衣室で、覆面姿の二人組に襲われた。凶器はハンマーとサバイバルナイフです」

これだけ派手な事件なら、報道もされているはずだ。陽気妃を追い詰めるのに手一杯でニュースを見ていなかったことを遥は後悔した。すると土師が説明してくれる。

「彼女は一命を取り留めて、いまだ集中治療室にいます。予断を許しません」

ごくかすかな光が差した。死んだわけではない。襲撃者たちも失敗することがあるのだ。

「二人組か。同一犯か、新手か……覆面。卑怯者め」

ぶつぶつと唸りを吐く晴山。酒匂が激しく頷いている。

「これ、なんの数字だ。教えてくれ」

様子を見る限り、これは役割で訊いているのではないと遥は感じた。晴山もまだ、この謎の解き方を知らないのだ。

「この数字は、五十音を表す数字でした」

田久保は気圧されたように答える。

「五十音表か？　そうか。じゃ、見ればすぐ分かる」

「でも、ただ五十音にふられた文字を数字通りに並べても、け・ね・せ・こ・ぬ・ゆ・る……意味不明です」

「なんでだ、クソ」

晴山と一緒になって酒匂が血圧を上げる。

「じゃあ、もう一つ仕掛けが？」

遥が訊くと、田久保は口許を歪めた。

「はい。このアホウドリの写真がミソです」

柳楽理事官が手に持ったペンをカチカチ鳴らしている。興奮していた。一課長と理事官も、この謎についてはいま初めてレクチャーを受けるらしい。

「アホウドリを英語でなんていうか知っていますか？」

田久保は刑事たちの様子を見てペースを緩めた。答えに至る過程を知らせたがっている。

「知らん」

それに晴山が苛立っているのも分かった。どっちの気持ちも分かるから遥はつらい。

「アルバトロスです。ゴルフ、やりませんか？」

「やらない」

「じゃあ、ピンとこないかも知れませんが」

「そうか。マイナス3……」

柳楽が手を打った。小佐野一課長も頷く。二人のリーダーは悟ったようだ。

「ご名答です」

田久保の生意気な合いの手に、土師が眉を顰めた。だが7係は全員がまだピンときていない。だれもゴルフをやったことがないのだ。

「説明しますね。ゴルフは、規定打数通りに打ち終えるとパー。これは、聞いたことがありますね？」

田久保は庶民的な刑事たちに向かって解説した。主に晴山と遥の顔を見ながら。

「規定打数より一打少なく終えることを、バーディーといいます。二打少なくホールアウトできればイーグル。ここまでは、わりとスポーツニュースなんかでも、聞いたことがあるんじゃないですか」

晴山が答えなかったから、遥は仕方なく頷く。

「規定より三打少なく終えることを、アルバトロスと言います。つまり、これらの数字から3を引く。それで初めて、正しい答えが出ます」

「3を引くと、6・21・11・7です」

遥が言い、晴山が紙を睨んで言った。

「五十音表だと……か・な・さ・き。なるほどな」

晴山は納得して見せたが、釘を刺すことを忘れなかった。

「だけどこれ、4係とサイバー犯罪対策課で、解くのが間に合わなかった？」

「はい。痛恨です」

土師育子が拳を握り締めた。言い訳する気がない。恥も外聞もなく7係を頼ったところからもその覚悟は知れる。

「謎解き問題では、数字の分母が示されていなかったので」

田久保も言い訳する。

「なにを表す数字か、結論が出るまで時間がかかりました。アホウドリも、ゴルフに関係あるとは、すぐには……」

このテクニカルオフィサーは出題者を非難していた。フェアではないと。もっとヒントを寄越せと。そんなのは筋違いだと遥は思った。連続殺人者にフェアもなにもない。そもそも人道を踏み外しているのだ。

「今回は、問題そのものに犠牲者を特定できるヒントが何重にも込められていた。出題者はきっと、自慢したい気分でしょう」

田久保の発言は誉められたものではない。だが正しい分析ではある、と遥は感じた。

「問題の良し悪しも競ってるって言うのか?」

晴山はどこまでも機嫌が悪い。

「可能性はあります」

田久保の答えを聞き流しながら、遥の中で違和感が膨れ上がる。ひどく大きくて、ひどく曖昧な不安が全身を包み込んでくる。目をぎゅっと閉じた。


これは、片翼に過ぎません。黒い翼と、灰色の翼の

黄昏の世界からの声が耳にこだまする。

遥は晴山を見た。このヤマを、遥が従事した連続闇討ち事件と関連があるとは思っていない様子だ。では、小岩署の布施忠夫がこの場にいたらどう感じる? 自分と同じではないか。地続きの事件だと感じる。本当はそんなことは認めたくない。なぜなら……とてつもなく巨大な悪意を想定しなくてはならなくなる。陽気妃を操った者が、もう片方の手で謎解き連続殺人も主催しているとしたら?

言えない。自分が間違ったことを言うのが怖いのではない。正しいことが怖いのだ。

あんな電話なんかなければよかった。よその世界の声など、聞こえなければいいのに。どうせだれも信じてくれないから。

「晴山さん」

ところが、遥は信じがたい声を聞いた。

「闇討ち事件と、今回の謎解き殺人。どことなく似通っていると思いませんか」

5

驚いて発言者の顔を見た。柳楽理事官が遥を見返してくる。彼に闇討ち事件の詳細を直接報告していないことが悔やまれた。だがおそらく、布施からの連絡で概要は知っている。だからこそこんな発言に至ったのだろう。

「そうですか?」

晴山はピンときていないようだ。遥は急いで言った。

「私もそう思います」

そこから二の句が継げない。この危機感を、しっかり仲間に伝えるチャンスなのに。

「どういうことですか?」

訊いてきたのは土師育子だった。手がかりになるならなんでも耳に入れたいという痛切さを感じる。

「共通しているのは」

柳楽は一度遥を見てから、二人の係長に言った。

「いわば参加型に見えることです。複数が犯罪にコミットしていく型です」

「そうなのか、小野瀬」

晴山が確認してくる。遥はガクガクと頷き返した。

「小岩署の布施さんから報告を受けました。小野瀬さんもヘルプに入ったからよく分かってると思うけど」

と柳楽は注釈を入れてから続けた。

「布施さんが追いかけていた、東京各所の襲撃事件は、一人の教祖のような女が信者を扇動する形で起こった。連続事件に見えて、加害者は複数いる。構造が似通っています。傷害と殺害の違いはあるが」

「なるほど。的確なご指摘です」

晴山は納得し、遥を見る。

「早く言え。お前も気づいてたんだろ」

「……はい」

「いや、私が出しゃばってしまって申し訳ない」

柳楽は遥に気を遣ってみせた。

「理事官なんて、デスクで書類をこねくり回す仕事だから。せめていろんなケースを総合的に見て、出てくる答えがあるなら、現場に還元したいと思っただけのことです」

謙遜までしてみせる。いずれ警察庁に戻って支配階級の階段を上る男だ。キャリアは現場の刑事たちから仲間と見なされにくい。だが柳楽は一貫して、そんな疎外感を払拭したがっていた。

「余計な進言だったら申し訳ない。でも、小野瀬さんも同じように感じていたようだし、今後留意するべき点かもしれません。判断は一課長や現場にお任せします」

そう言って引っ込んだ。遥は、この人になら頼めると思った。

「柳楽さん。布施さんを、ここに呼んでいただけませんか」

「布施さんを?」

「はい。闇討ち事件をいちばんよく知っているのはあの人です。こっちのヤマについても、きっと参考になる意見を言ってくれます」

「なるほど。いまは、例の占い師の取り調べと証拠固めで忙しいでしょうが、確かに彼の意見を聞きたいですね。連絡を入れます」

「すみません。お願いしていいですか」

「もちろん」

柳楽はスマホを取りだしてタップし始めた。遥は深々と頭を下げる。

「待て。いまは目の前に喫緊の課題がある」

小佐野一課長が引き締めた。全員が居住まいを正す。

「そうです。いま出題されている謎に取り組まないと」

土師が現場の長として責任感を漲《みなぎ》らせた。遥も反省する。新しい謎で指定されただれかが、いまこの瞬間も命の危険にさらされているのだ。

「金崎智世の現場では、今までと違うことが他にもありました。現場に、次の謎が残されていなかったんです」

土師が拳を固めて力説した。なに、と空気が緩む。出題がない状態か？　ならば警戒の必要はない。

「とどめを刺し切れていなかったことといい、犯人がだいぶあわてていたようです」

「一番乗りを目指すが故か」

小佐野一課長が指摘し、

「あるいは、二人組の連携が悪くて、不手際が重なったのか、です」

田久保が自分の意見を差し挟んだ。

「次の謎を残し忘れるというのは大チョンボでしょう。これでおしまいか、という期待も膨らみましたが、やっぱり違いました」

一気に空気が変わる。椅子にもたれかかっていた刑事たちも残らず身を乗り出した。

「新しい謎が、今朝、ネットにアップされてしまいました。この会議が始まる十分ほど前に」

土師が肩を落としている。やはり首謀者は、安堵も猶予も与えてくれない。

「どんな謎だ、今度は？」

晴山が物騒な声で問い質す。

「これです」

田久保が立ち上がって、ホワイトボードの真ん中に貼りつけた。大きな文字でのプリントアウトを用意していたのだ。遥はその紙が、全員の視線で焼け焦げるんじゃないかと思った。

6

「なんだ……シンプルだな。カタカナだけか」

拍子抜けする晴山。だが遥には、そのシンプルさゆえに、かえって悪意の塊に見えた。

サイヒシエナヌシムロ

「解くぞ！　だれよりも早く解けば、殺しを防げる」

小佐野一課長の号令に意気が上がるが、シンプルというのは手掛かりが少ないことだとみんな気づき始めた。

「さいひって、歳費って意味か？　経済用語だろ？」

「シエナ。イタリアに、シエナって都市がありますが」

各々が思いつきを口にするが、まとまりがない。これだという手応えもない。

「ヌシムロってなんだ？　主？　室？」

「あんまり、意味ばかり追わない方がいいかも知れませんよ」

田久保がアドバイスした。

「意味が通らないときは、変換するとか、図形として見るとか」

「図形？　なんの図形だよ」

「変換って、アルバトロスのときみたいに、条件が付いてないよな」

「くそ。アプローチの仕方が分からん」

「現場にヒントみたいなのなかったのか？　ネットには？」

「だれか、答えを見つけてアップしているやつはいないのか」

会議室は愚痴と悪態で溢れた。遥も必死に頭を使うが、ヒントの少なさに怒りを覚えるばかりだった。

「もう一回、あの謎解き集団、プレシャスQに頼めないか？　彼らだったら解けるだろう」

そんな声まで出て、

「しかし、関わりたくない、という彼らの思いはすごく強いです」

と土師が困って応じる。そのとき、遥の脳裏にふっと揺曳《ようえい》したのは、黄昏の光に溶ける派出所の光景だった。だれもいないが、看板の文字だけがくっきり浮かび上がる。あれはぜんぶカタカナだった――いつもは漢字なのに。なぜだ？

ぞわっと鳥肌が立つ。遥は改めて、目の前の謎を食い入るように見る。


サイヒシエナヌシムロ。サイヒシエナヌ治。

一文字一文字が、まるで独立した生き物のように変態してゆく。

サイヒシエ友治。サイヒ江友治。花江友治。


「これ……漢字じゃ」

呟いた瞬間、会議室の刑事たちはポカンとする者と、ピクリと反応する者に分かれた。

「漢字ってどういうことだ？」

酒匂はポカンとしている方だった。口を開けたその姿が、親鳥が取ってくる餌を待つ雛鳥のようで、しかし遥はうまく餌を与えられない。自分の目に見えたものを言葉に置き換えられない。

「えっと……あの」

「そうか！」

柳楽と田久保が同時に叫んだ。互いに顔を見合わせ、勢いよく自分が持つペンを走らせる。

「このカタカナの一つ一つが、漢字の部品……となると」

田久保がホワイトボードに記すのはひどく乱雑な文字だったが、みるみる形ができあがってゆく。

「最初のサ・イ・ヒは、くさかんむりに、化けるで」

二人の掛け合いに伴って形が定まった。

「……花だ」

「そうだ！　間違いない」

「小野瀬、よく気づいたな！」

背中をどやされた。晴山だった。彼も正解だと確信したのだ。解読の作業は、だから遥が自分でする必要がなかった。刑事たちが寄ってたかって終わらせてしまう。

「花江《はなえ》友治《ともはる》。あるいは、読みはゆうじかもしれない。探せ！　この人物がターゲットだ」

「名字がわりと珍しいし、すぐ特定できるだろう」

「有名人か？　聞いたことがある者はいるか？」

「この人物じゃないですかね」

田久保が自分の端末で真っ先にたどり着いた。ＳＮＳに登録しているのが見つかったンゴだ。遥が画面を覗き込むと、漢字表記が完全に一致している。ビンゴだ。

「無事を確認しろ！　居場所を特定して、大至急護衛をつける」

晴山が叫び、土師がすかさず部下たちに命じた。4係の刑事たちが手足のように動き出す。これはさすがに間に合う、と遥は希望を持った。すぐに答えを出せたのだ。殺害を目指す連中も同じかもしれないが、人一人抹殺するには準備が要る。ターゲットが見つかっても即殺害とはいかないはずだ。

「花江さんは……葛飾在住のようです」

田久保が報告した。SNSに記載があるらしい。

「葛飾署に連絡を！　大至急、身の安全を確保させて」

土師が号令をかける。

「花江さんは四十代、小さい建設会社所属の、いわゆる大工さんのようです」

「有名な人ではないんですね？」

遥が言うと、晴山も同じように感じていたのか、

「毛色が違うな。パターンを読まれないように、裏を掻いてきたのか」

と言い出した。柳楽も同意する。

「今までは、プロゴルファーやモデル。わりと派手な人物を選んでいた」

「最初の会社役員だって、地位が高い。でも今回は、ちょっと地味に思えます」

「自宅と職場が確認できました！」

田久保の声に全員の顔が期待に輝いた。

「いちばん近くの交番巡査が、自宅に向かっています。彼の職場にも、葛飾署の署員が間もなく着くそうです」

「間に合うだろ……間に合え」

晴山の口から祈りが突いて出る。遥も気づくと手を組んで祈る姿勢になっていた。

「どうも引っかかる」

柳楽理事官が一人、頭を捻っていた。

「なにがだ？　柳楽」

小佐野一課長が確かめると、柳楽は眉間の皺を深くした。

「いえ、やっぱり、今回のターゲットが少しも有名人じゃないことが、どうしても気になってしまって」

「どういうことですか？」

土師育子が気にして訊く。すると柳楽は、ホワイトボードに殴り書きされた〝花江友治〟という字を見ながら言った。

「これを見てて思ったんですが……答えありきだったんじゃないか」

「というと？」

訊いたのは晴山だった。

「はい、その……漢字を、綺麗にカタカナにバラせる人間を探していた。花江さんの名前がそうだったから、ターゲットに選ばれたんではないかと」

「えっ。じゃあ、彼が選ばれたのは、名前が都合がよかったからだけ？」

遥は思わず声を上げた。

「そんなふざけた話がありますか」

晴山が怒り任せに言ったが、

「いや。推測ですよ。真実は分からない」

柳楽は気が咎めたように、自説を引っ込めた。だが正解だと遥は確信する。人の命をまったく尊重しない連中のゲームなのだ。答えから逆算するぐらい、ありうる。綺麗な問題を作ることを優先したのだ。

「今までも、そうかも知れない。たまたま有名人が多かっただけで」

晴山の目が据わった。上司の怒りが一段深まったことを遥は肌で感じた。恨みでも制裁でもない、謎解き問題優先でターゲットが選ばれている。それだけが殺される理由だとしたら？

首謀者をこの手で捕らえたい。遥は焼けつくように思う。刑事になってからこれほど強い衝動を覚えたことはなかった。それは憎しみと見分けがつかないほどだった。

「花江さんが、自宅で」

感情を排した声がいきなり響く。

「――首吊り状態で発見されました」

「首吊りだと……」

だれかが質す声にも、力がない。

「状況的には、そうだそうです」

田久保が一人、インカムに耳を傾けながら、懸命に自分の役割を果たしていた。

「自殺か？　そんなはずない」

晴山が吐き捨てる。

「首を吊らされたんだ。絞殺してから吊るしたか、首に縄をつけて締め上げたか。いずれにしても、自殺じゃない！」

多くが頷いた。そうでなくてはおかしい。謎解きを果たした本人が、自分の名前だったからといって自殺する？　ありえない。

だが、あまりに病んでいる。一連の状況そのものがあまりに腐っている。どんなありえないことも、ありうる気がしてくる。遥は逃げ出したくなっている自分を見つけた。

「次の謎は？　現場に残されているのか」

柳楽が訊いた。冷静さを保っている。遥は驚異を感じた。管理職の強みか。現場に立つことが滅多にないだけに、一歩引いて状況を見ることができる。

「……残されているようです」

田久保は入ってきた最新情報を伝える。

この非道な連鎖は続くらしい。黒い翼は、想像を超えるほど黒い。

ない。

「ちょっと待ってください。それはまだ」

謎解き問題を電話で伝えるのは無理がある。現場が画像を送ってくれるのを待つしか

「内容は？」

「このままでは、警察の沽券《こけん》に関わる」

小佐野が苦悩をあらわにした。自分が一課長になって最大の試練だと受け止めている。

「これ以上、人が死んだら……」

いきなりそこに、田久保の声が重なった。

「花江氏に、息があるようです！」

無明《むみょう》の闇に一閃する雷光だった。

「馬鹿野郎、脅かすな。死んだと思ったぞ」

晴山がぼやき、

「すみません。現場も混乱しているようで」

田久保が身体を斜めに傾かせながら言った。この男も状況に翻弄されっぱなしで平衡感覚がおかしくなっている。

「葛飾署の刑事課と鑑識、それから救急隊が着いて、花江さんを詳しく診ました。そこで息があることが分かった。大急ぎで蘇生術を施したところ、脈も正常に戻りました。命に別状なさそうです！」

「おお……そうか……」

これほどの朗報はなかった。今日初めて、この会議室にいくつかの笑顔が生まれた。

「最初に到着した交番巡査がどうやら、動転して、死亡していると思い込んでしまったようですね。身体は床に落下していたんだそうです。ただ、縄が揺れていて、花江さんが動かなかったから」

自分だったら叱りつけることはできない、と遥は思う。たぶん経験の少ない、若い巡査だ。たとえ床に落ちた状態だったとしても、吊るされた縄がブラブラしていたら冷静さを保つのは難しい。

「結局、駆けつけるのが早かったことが功を奏したようです」

「俺たちの努力は、無駄じゃなかった」

晴山が全員に聞こえるように言った。

「次も止めるぞ」

ちらりと遥を見る。さっきから顔色の悪い部下を気遣ってくれたようだ。遥は申し訳なくなる。実際に手足が冷え切っていた。

「ちょっとおかしくないですか」

土師育子が抑えた声量で言う。晴山や遥にだけ聞こえる声だ。

「謎は早く解けた。でも交番巡査が着く頃には、首を吊られていた……タイミングが早すぎる」

「たしかにそうですね」

晴山は強く同意した。遥も夢中で頷く。

「てことは、やっぱり自殺?」

遥は首を振ってしまう。それは断じて違う。何かまだ、明らかになっていない事実があるのだ。

「次の謎、来ました!」

湧き出る疑問は脇に置く。田久保が叫んだのをきっかけに、刑事たちが我先に田久保のパソコンの画面を覗き込みに集まる。

7

遥もどうにか、刑事たちの頭の間から覗き込んだ。見えたのは、ヘルメット姿の男が頷いているイラストだった。下には値札のようなものが書かれている。〝FREE〟とある。

「今回は、これだけか? シンプルだな」

「単語が一つ。あとはイラストか」

口々に出る感想。だがまったく意味が分からない。遥は手がかりを探そうとしたが虚空を摑むような感じだった。

「まず、このイラストの奴はだれだ」

晴山が苛立ちを露わにする。

「ヘルメットを被っています。着てる服は……ライダースジャケットですね」

田久保が細部までを確認する。

「じゃあ、バイク乗りか。レーサー？」

「そうかも知れません」

「それが頷いてるから、イエス、そうだ、はい、うん……」

柳楽がいろんなバリエーションを試し始めた。事務能力の高い警察官僚は、こういう理詰めの作業が得意。だからと言って任せきりにはしたくない。遥も努力を見せる。

「納得したってことですかね？　レーサーが納得？」

違う角度から迫るが、そこからうまく人の名前を導き出せそうにない。

「ネットにも上がりました」

他の署員がスマホを見ながら報告した。＃謎解きジャスティスとして拡散が始まったのだ。ここからは殺人者たちとの勝負。また尻に火が点いた。一歩でも早く先に着かなくてはならない。

「時間がないぞ……もっと考えろ」

小佐野一課長が尻を叩くが、自分で考える気があるようには見えない。若くて柔らかい頭に任せる気だ。小佐野を無責任だと非難しづらかった。たしかに若い方が閃き力はある。だが、謎解きが得意な人間はそもそもここにはいないのだ。

小佐野の視線を感じた。さっき花江氏の謎を解いたから期待値が上がっている。遥は焦った。いまの自分は空っぽ。貯金を使い果たした気分だった。

「レーサー・イエス。レーサー・はい。レーサー・うん……違いますね、名前にならない」

横では柳楽が総当たりを続けている。そこへ小佐野がいささか無神経な横槍を入れた。

「ぜんぜん的外れなことやってんじゃないか？　何か見落としてないか」

「なんかこれ、あんまりいい問題じゃねえんじゃねえか？」

小佐野に便乗したような晴山のぼやきを、的外れとは思わなかった。何か粗い。無理がある。そんな印象を覚えるのは遥も同じだ。

「仮面ライダーみたいに、はい・ライダー、の順番にするとか……イエス・ライダー……イエス・バイカー？」

土師育子もめげずに頑張るが、どこかさじを投げているようにも見える。他の人間より一連の謎解きに接した経験が長いのだ。どの謎にもさんざん手こずってきたのだろう。

「メモしとけ」

晴山は遥に命じた。近道はない。地道に這い進むという覚悟に聞こえた。

「はいバイカー、うんバイカー……ちくしょう、どう転換すればいいんだ？」

遥は言われるままにペンを動かした。無意味な言葉の羅列で埋まっていく。さっぱり形をなさない。柳楽も晴山も土師も遥の周りに集まって、増殖してゆく言葉の群れを見つめる。

「英語を日本語にするパターンもありますよ」

田久保が自分の席から注釈をくれ、遥は頭を切り換えた。この全ての文字の中から答えを見つけ出すと決める。意味のある言葉がきっとある。

「ライダー・うん」

目に留まった言葉を口に出す。目を閉じ、学生時代、それほど得意ではなかった英語の知識を掘り返した。

「らいだーうん……らい・だうん」

柳楽が真っ先に反応した。彼の教養に何かが引っかかったのか。

「なに？」

「ライダウン？」

「どういう意味ですか」

晴山も土師も柳楽に詰め寄る。

「横たわるとか、身体を寝かせるとか、伏せるとかいう意味です」

柳楽が答え、

「伏せる？」

そこで柳楽と晴山は顔を見合わせる。

やがて、まったく同じタイミングで遥を見た。

背筋に痺れが走る。遥はイラストに目を戻すが、その下に記されている〝FREE〟の文字がネオンのように点滅して見えた。

「値段がフリー。フリーってことは」

晴山が言い、

「無料。ただ……」

柳楽が翻訳する。その瞬間に遥は確信した。だが口がうまく動かない。

「ただお」

口にしたのは柳楽だった。

「――まさか、布施さんか？」

「布施さんの名前……そうか、忠夫か」

晴山は信じたくない様子だった。だが頭を振り、現実を直視する。

「間違いないか？　しかし、なんであの人が？」

「ふ、布施さんに連絡取れましたか？」

ようやく声が出た。さっき柳楽が布施に連絡してくれたはずだからだ。遥の問いに応じ、理事官は自分のスマホでメールの有無を確かめた。

「いや。返事がない」

初めて柳楽が無能に見えた。

「ふだんならすぐ返事をくれるのに。こんなことは、滅多にない」

刑事たちが震えた。

8

遥や晴山が連絡してみても結果は同じだった。布施は全く連絡に応じる気配がない。

「緊急事態だ。通信指令本部に要請しよう」

布施の持つポリスモードに仕込まれているGPSを追うのだ。ポリスモードとは私服警察官が持たされている電話で、以前は機体ごと支給していたが、最近は独自のソフトウェアを各自のスマートフォンにインストールする例が多い。おかげで刑事一人一人の足跡を追うことが可能になる。

GPSの位置情報が連絡されるまでの一分一秒が拷問だった。すでに殺されているとしたら、これ以上の悪夢はない。布施は仲間なのだ。

「通信指令本部から連絡来ました!」

田久保が叫び、全員が耳になる。

「どこだ? 布施さんは」

「……小岩です」

自分の管轄である小岩にいる。

「どうやら、江戸川のそばにいます。河原?」

だが署にいるわけでもなく、どこの建物でもない。河原。良い兆候は一つもない。いったいそこで何をしている? いや、生きているのか?

「位置データを転送するように言え。現場に向かう」

最近会ったばかりの晴山と遥。加えて酒匂と、土師が現場に急行することになった。自らハンドルを握って晴山たちと向かうあいだ、覆面パトカーの車内の空気は重苦しさの塊だった。仲間の死を見届けるための移動かも知れない。遥は葬送行進の列でも担っている気分だった。希望を失うべきでないことは分かっている。だが、布施忠夫は常に孤立している。狙われたらひとたまりもない。

あの男の弱々しさが気がかりだった。腕力の弱さというより、存在の弱さだった。実直で、秘めた情熱もあるのに同僚から慕われない。無能ではないのに尊敬を勝ち得ていない。挙げ句に命まで失うとしたら、あまりに救われない。

虚脱感を振り払えぬまま、江戸川の河川敷に着いた。布施のポリスモードの位置情報を確認しながら近づいていく。

「あそこだ」

誰からともなく声が上がる。

そこは大きな橋の下だった。昼日中だというのに、闇がわだかまった空間に布施はいた。壁にもたれて座っていた。遠目には力尽きているように見えた。うなだれ、手足を投げ出し、生きている者のフォルムに見えなかった。四人の刑事は一言も発さずに近づく。

ところが、それは生きている布施だった。遥は薄闇の中で瞬きを繰り返して確認した。目の前にいるのは、擦り切れて用済みになったように見える五十男だった。生きているのに嬉しく感じない。仲間とも思えなかった。目が虚ろだからだ。抜け殻に見えるからだ。殺される前に、心が殺されているように見える。

布施の両脇に二つのスマートフォンが置かれているのが見えた。遥の心臓が跳ね上がる。

「布施さん?」

晴山が声をかける。遥は声を出せない。身体が震え出したが止める方法が分からない。

「大丈夫ですか? どうしたんですか」

晴山は困惑の極みだった。土師と酒匂の戸惑いは言うまでもない。遥は奥歯を嚙み締め、自分に活を入れた。全員の目に見えるように答え合わせをする必要がある。どんなに苦痛でも、訊かなくては。

「布施さん。どうして、スマホを二つも?」

問う声はかすれてしまった。

すると布施は、初めて遥に気づいたように澱んだ眼差しを向けてきた。ふうう、という息を漏らす。声に変わる。

「……二つなけりゃ、いけないんだ」

「な……なぜですか」

「二つなけりゃ、両眼にならないじゃないか」

ああ、と遥は思う。この人はすでに向こう側に行っていた。いつからだ？　気づかなかった。うまく隠していたのだろうが、それでもあたしは気づくべきだった。

いまや、すべてが分かった。

「布施さん。あんたほんとに大丈夫か」

晴山は薬物摂取を疑っていた。その通りだったらどんなにいいだろう。そんな生やさしいことじゃない。

「布施さん。わたしは、残念です」

遥の物言いに、晴山も土師もハッとして見てくる。

「あなたはプロデューサーを知っていた。いえ、プロデューサーに言われるままに動いていた」

そしてちらりと、地面のスマホを見やる。

「あの両眼に睨まれていた。逃げられなかった。そうでしょう？」

すると布施は、同じ姿勢のまま、眼球だけを遥に向けてくる。

「小野瀬。お前、なにを言ってるんだ？」

晴山が目を剝いている。遥は気の毒に思った。でも、上司がどんなに混乱しようとも、最後まで言わなくては。

「この謎解きを考えたのは、布施さん自身です」

どこかぎこちない、良問とは言えないあの謎。どうにか自分の名前を込めた。自分を殺してほしいという願望が結実したものだ。

「まさか……」

認めたくない、という思いが晴山の顔を歪めた。だがすでに悟っている。小岩は葛飾の隣だ。花江氏が吊られた現場から遠くない。

「小野瀬。この人は、本当に」

「晴山さん。残念ですが」

遥はきっぱり首を振った。

「一連の謎解き殺人に、どれだけ関与していたかは分かりません。でも少なくとも、今回の謎は布施さんが考えた」

「なんで分かる」

「なぜなら」

言うのがつらい。だが言わなくては。

「スマホを二つ持っている。闇討ち事件の首謀者、陽気妃と一緒です」

「なに……」

「布施さん」

布施の眼差しの奥が見えない。遥はすぐ傍らにしゃがみ込み、先輩刑事の瞳の在りかを探す。

「わたしが、プロデューサーのふりをして陽気妃を落とそうとしたとき、びっくりしていましたね。いま思えば、あの驚き方は尋常じゃありませんでした」

力ない笑いが返ってきた。

「その通りだ」

布施がこの場に戻ってきた。遥はそう感じた。血の通った人間だ。言葉が通じる。

「私は、占いの館で、君の顔を見てひっくり返りそうになったよ。なんで君があいつを知ってるのか……メイクだとは、信じられなかった。てっきり君が、あいつに取り憑かれたのだと思った」

「だからあんなに驚いていたんですね」

「そんなことがあったのか？」

晴山があっけにとられている。遥は説明し損ねていた。陽気妃を落とすためにどんな戦法を使ったかを。だが今は、そんなことは後回しだ。

「布施さんは、プロデューサーとどこで会ったんですか？」

「いや、ほとんど会ってないようなものだ。代わりに使者が来た」

また布施が遠ざかった気がした。正気の彼方に姿が霞む。

9

「間違って空手家を襲った、あの府中の大学院生だよ。取り調べをしていたら、奴がいきなり喋り出したんだ。私へのメッセージだ、と言って」

遥はふと笑い出しそうになった。完全に気の触れた会話だ。晴山も土師も、祟り神でも見るような目で見てくる。あたしは布施さんと手を取り合ってひょいと向こう岸へ渡ってしまったらしい。

「お前が死にかけていることを知っている。そう言い当てられた。私は震えた……私の病気のことを知っているのは、医者だけだ」

確かに布施は衝撃を受けたのだろう。いま初めて聞いた自分たちがこれほどショックなのだ。

「病気……だったんですか。布施さん」

「膵臓癌《すいぞうがん》のステージ4だ」

なんとあっさりした答え。なんと希望のない内容。

「癌が見つかったときは、もう、手遅れだった」

「……そうでしたか」

そんな言葉しか返せない自分に怒りを覚えた。今までの自分の鈍さにも。

見るからに元気がなさそうなのは、実際に身体が蝕《むしば》まれていたからだ。どうして死相に気づけなかった？　肝心なことには気づかない。あたしは役立たずだ。

「布施さん。お気の毒です」

布施の傍らに跪き、晴山は寄り添う素振りを見せた。

「署には、報告していないんですか？」

「ああ。どうせ助からないんだ」

布施の乾いた笑みは、その場にいる刑事全員の胸を刺した。

「だったら、治してくれるという奴に靡《なび》いちまうのも、分かってもらえるかな」

乞うような眼差しが遥を捉える。

「陽気妃ですか？」

遥が訊くと布施は首を振る。

「いや。プロデューサーだ」

「そのスマホ」

遥は、布施のすぐそばにある黒いものを指す。

「そこから指令が来るんですね」

「凄いな、君は」

布施は本気で感心していた。

「いろんなことを知っている。本当にただの刑事か？」

目の前の布施は愉快そうに笑っていた。その笑顔は、遥がいままで見た布施の表情の中で一番魅力的だった。

「布施さん。滅茶苦茶な話をしないでください」

晴山は布施の正気を疑うことにしたようだ。

「自分の言っていることが分かってますか?」

「分かっているよ。もちろん」

布施は表情を引き締めた。だが晴山は引っ込まない。

「本当に病気ですか? 癌だなんて」

「晴山さん」

遥は制しようとしたが、猜疑の火は消えない。

「失礼ですが、精神的に参っているのでは? 俺はどうにも、信じられません」

「布施さんは、嘘は言っていない。と私は思います」

「小野瀬、お前」

「わたしも見たんです。変なものを」

ついに言ってしまった。晴山の顔が、見覚えのない歪みを宿す。遥は見捨てられたようなつらさを感じた。それでも言う。

「陽気妃の部屋で、です。それは、眼でした。命令するような、燃えるような、恐ろしい眼」

晴山は言葉を失った。他の刑事たちも凝然《ぎょうぜん》と立ち尽くしている。先輩たちはみな、遥が布施の狂気に感染したと確信している。

遥は布施に向き直った。自分のことなどいい。いま一番救いを必要としているのはこの人だ。

「布施さん。病気を治す力なんて、あいつにはないと思います」

どうしてもそれを言いたかった。

「言うことを聞いても無駄です。結局、ひどいことをさせられて、だれかを傷つけて終わりです。他の人たちがそうだったように。そんなこと、間違ってます」

「私も、利用されたか」

虚ろな笑みは諦めと達観でできていた。まだ間に合う。

「布施さん。花江さんは生きています。あなたは人殺しじゃない」

「やっぱり、そうなのか」

反応したのは晴山だった。橋の下の空間が嘆きの念でいっぱいになる。

「布施さんが、首吊りを?」

土師が確かめる。上司たちが共に、疑いつつも絶対に認めたくなかった事実。だがもう目をそらせない。

「布施さんはとどめを刺せなかった。あたしは、嬉しいです」

遥は布施の腕に触れた。自分に癒やす力があるなら移って欲しい。布施の目に、ふいに涙が溢れた。

「あなたは、事前に謎解き問題を用意していたんですか。自分を殺させるために」

遥は確かめる。罪は罪だ。なかったことにはできない。

布施は微かに頷いた。

「布施さん。あなたは、生きたいのか死にたいのか、どっちなんですか」

「分からない」

恐ろしく素直な言葉が返ってきた。

「私は、生き残るために取引した。そのつもりだった。だが、花江さんを殺すと決めてから死にたくなった。ところが、死にたくない。死にたい。奴を信じる。信じないを繰り返した。花江さんを吊るしてる間に、やっぱり死にたくなった。ところが、もう引き返せないことに気づいたんだ。花江さんに顔を見られた」

これほど深い絶望を知らない。遥は、布施の腕を強く握った。

「悪人だと聞かされていたが、顔を見て分かった。花江さんは犯罪者じゃない。私は、騙された……花江さんを殺すことで、私は癌で死ぬ前に、刑事として死ぬ。三十年以上勤めた警察官の布施忠夫を、ドブに捨てるんだ。手から力が抜けた……花江さんの身体が、床に落ちた。そうか……花江さんは、生きてるか」

涙は止まらない。いまならこの人は答えてくれる。遥は確信した。

「布施さん。教えてください。プロデューサーの正体を」

布施は、恩人を見る目で遥を見る。

「知らない」

呟きには力がなかった。

「私は……たった一度会っただけだ。奴は顔を隠していた。声も出さなかった。ただ、手で触れられただけだ。それで信じた。力を感じたんだ」

「癌を治す力ですか？」

遥は猜疑心を露わにする。だが、布施の頷きに躊躇《ためら》いはなかった。

「馬鹿だと罵られるだろうが、私は信じた」

「……相手の肉声も、聞いたことがないんですか」

「ない」

「顔も分からない。性別も不明、ですか？」

「ああ」

「ではどうやって、そのあと、プロデューサーと……」

「メールだ。あとは、眼」

ふいに狂気が閃く。みんなからはそう見えているだろう。だが、遥も見たのだ。あの眼を。二つのスマホに一つずつ。それは、ものを言う眼。念を伝える眼だ。

遥はスマホを睨む。聞いているに違いなかった。あの眼が。

「これ、ポリスモードですよね。警察の回線だ」

土師育子が放った、妙に気の抜けた声が、橋の下の重たい空気に亀裂を走らせた。

「敵は警察にいる」

晴山が呆然と呟いたのを受けて、土師が潜めた声で言い出した。

「これは、言いたくなかったのですが」

嫌な予感がした。だが、この連続事件に、最初から立ち会っていた刑事だ。

「おそらく、今日だけじゃない。これまでのケースも、警察官が関わっています」

この発言は重い。晴山も唖然として、土師を振り返って問うた。

「本気ですか？」

苦痛に満ちた頷きが返ってくる。

「最初の方の殺人は、まだ連続事件かどうかも判明していなくて、後手後手でした。でも謎解きが早くなるにつれて、スピード勝負になっていった。で、いちばん最初に現場に駆けつけるのは──警察官です」

布施がピクリとも反応しない。それが、土師の発言に更なる重みを与えた。

「警察官が、実質の第一発見者になる。だがそれは演技で、自分で犯行を犯していたと？」

それを口にする役回りに陥った晴山に遥は同情した。

「全てのケースがそうだとは言いません。ただ、ハッシュタグを思い出してください。謎解きジャスティス、です」

土師の返答に、布施忠夫がふいに顔を上げた。我が意を得たりというように。

「正義という意味のほかに、裁きという意味がある。これが正義だと思い込ませれば、警察官に罪を犯させることはできる」

「あるいは、私のように、病気を治すとそそのかすとか、な」

やはり布施も感じていたのだ。警察官が関わっていると。

「あり得ない」

酒匂三郎が言った。まだ二十代の、しごく善良な男だ。正義のヒーローに憧れて刑事になったタイプの人間には受け入れられるはずがなかった。

「ど、動機はなんですか？　警察官に、そんなことをさせてなんの利益が……」

「それはまだ分からないけど」

土師は懸命に、大先輩としての役割を果たす。

「今回は布施さんがやらされた。その前の、プロゴルファーを襲った手口。二人組のどっちもそうか分からないけど、あまりに手際がいい。私は警察関係者を疑っていた」

だがいままで口には出せなかった。つらかっただろう。

「ポリスモードを操れるなら、確かに敵は、警察内部にいます」

遥は言い切った。土師を支持する必要を感じた。

「だれかが指令を発して、特定の警察官を操ったんです」

「その説だと……相当位の高い人間になるぞ」

晴山が頭を抱えた。

「あるいは、よほどカリスマ性があるか、です」

陽気妃のようなトリックスターでもいいのだ。何かしらの力を持っていれば。相手を驚かせるような特殊能力。いや本物でなくとも、騙す力さえあれば。あるいは、自分の視線の圧を相手に知らせられる能力。睨んでいるぞと感じさせられればいい。

「また、身内の裏切りか……」

晴山の嘆きは、全員の胸に響いた。この新係長のトラウマ。大勢の警察官が捕まり、命を失い、警察を去ってからそれほど経っていない。その大嵐の中心に居たとされる男が、悪夢の再来に怯えている。遥は思わず、晴山の背中に手を添えようとした。

次の瞬間にはビクリとして手を引っ込める。視線を感じたからだ。思い切って地面を見る。

転がる二つの黒い四角。遥は、摑んで川に放り投げたくなった。

布施も自分の電話を見つめている。その目が窪みすぎて眼球の行方が分からない。

「布施さん」

途中だった。まだ訊くことがある。遥は改めて布施に向き合った。

「あなたは、陽気妃の事件の方にも、こっそり関与していたんじゃないですか」

見過ごすことはできない。この男が捕らえる側にいながら、闇討ちに加担していたとしたら最悪だ。

「あなたは首謀者に協力せざるを得なかった。いつからですか？　プロデューサーに従うようになったのは」

布施の顔は、闇が貼りついてしまったかのように暗い。

「布施さん。違うならそう言ってください。あなたは、闇討ちした人間に、手引きなんかしてないと」

「小野瀬さん。君は、怖いな。本当に……」

布施は両手で顔を覆うと、くぐもった声で言った。

「君こそ、本物の霊能者じゃないのか」

その咎めるような声音は、遥に痛打を与えた。

「どうして、君がプロデューサーに気づけたんだ。なぜ、あの眼を見つけられた？」

「味方がいます」

遥は控えめに言った。どこか後ろめたかった。

「味方？　だれだ？」

訊いたのは晴山だった。遥は一瞬迷う。

「――暗い道に、詳しい人です」

その場にいるだれもが首を傾げた。

奇妙な空白が、江戸川の水とともに橋の下を流れてゆく。

「酒匂」

晴山が部下に命じた。

「車を、近くまで回せ。布施さんを連れて行く」

「分かりました」

酒匂は土手を上がって車の方へ走っていった。

「小野瀬。お前いつの間に、いい情報屋を摑んだんだ？」

晴山はうまい具合に誤解してくれた。刑事の生命線とも言える情報屋。それぞれが独自の情報源を抱えるべきだということは、他ならぬ晴山から教わってきたことだ。

「裏社会に通じてる奴だな？　だが、その分危険だぞ。大丈夫なのか？」

「裏社会……まあ、そう言えば、そうですが」

言葉を濁す部下に、晴山の声が厳しくなる。

「だれなんだ。お前まさか、違法な手段で……」

「違います。情報提供者は」

この世の人ではありません。そう言えたらどんなに楽だろう。

「……晴山さんもご存じの人です」

「俺が知ってる人？」

「それは、後で」

いまは誤魔化すしかなかった。

「それより、布施さん。あなたが知っていることをぜんぶ聞かせてください」

すると布施は、晴山よりも険しい目で遥を見つめた。遥の情報屋に興味があるらしい。

「……そうだな。観念して、喋ってください」

晴山も布施に向き直る。連行する前に洗い浚いにさせたいのだ。

「あなたを操っていた奴の手がかりが欲しい。これ以上、あなたのような人を出さないために」

「いや。俺は、死にたかったんだ。死なせてくれ」

布施はまた両手で顔を覆った。

「だめです。生きて証言してください」

晴山はきっぱり言った。

「身柄はいったん拘束させていただきますが、すぐに病院に移れるように手配します。ぜんぶ吐いたら治療に専念してださい」

するると布施は恐ろしく静かになった。

遥は目を離せない。表情を読み取りたい。だが、両手に覆われて見えない。

「……悪いなあ」

やがてこぼれ落ちた言葉。

「小野瀬さん。君を巻き込んで、申し訳なかったと思ってる」

布施はそう言った。心が震えてもよかったはずだ。だが訪れたのは戦慄だった。

遥は視界に異変を感じた。暗い橋の下がますます暗い。川を渡る風が鋭く唸った。ここにいたくない。遥は幼子のように思った。ビリリと空気が震えた。いや地面が震えた。それは電子機器だった。地面に放り出された二台が震えている。見ると画面が明滅している。でたらめな間隔で。ふだんのスマホとは明らかに違うから晴山も土師も異様に感じて鳥肌を立てている。

「死にたい人間に、怖いものなんかないぞ」

遥は察した。喋っているのは布施ではないと。何かがいる、いてはならない何かがここに。

「あの、派出所さえ、なければ……」

声は、地の底から湧き上がってくるようだった。

「万事、思い通りにいったのだ。忌々しい黄昏署が！」

「な、なにを言ってるんだ？　布施さん」

晴山が目の前の狂気に怯んでいる。異世界の風を感じている。禁忌の扉の向こうにだれかがいる。いまなら信じてもらえる……これがプロデューサーだ。土師育子が自分の口を押さえている。自分の常識を超えたものに直面して我を失っている。遥は布施の両肩を押さえようとしたが凄い力ではねのけられた。

「生き残りのつもりか！　晴山！」

絶叫とともに両手の間から布施の顔が現れたが、表情がないのが異様すぎた。声は激しいのに目は虚ろだ。

「アメリカに行った奴らは全員死んだぞ！　今度はお前だ！」

晴山は、完全に固まった。己を吹き飛ばされたかのように。

「お前だけ生き残るなんて、虫がいい！　死んだ刑事はお前を許さないぞ」

「晴山さん。聞かないでください。この人は布施さんじゃない」

遥は急いで言うが、

「地獄で待ってるぞ！　お前の仲間が」

この世のものとは思えぬ喚き声が止まらない。晴山は声も出なかった。魂を鷲摑みにされている。

「この人は薬物中毒です！」

どんな嘘でも構わなかった。晴山を救い、この場面を終わらせる。声を掻き消す。

「陽気妃と同じです、妄想を現実だと思い込んでる！　聞いても無駄です、早く病院へ」

「区界《くざかい》や、上郷《かみごう》が死んだっていうのか？」

晴山は術中に嵌まった。遥にはだれのことか分からない。だがかつての仲間の名前に違いなかった。晴山は完全に持って行かれた。

気づくと遥は布施の首に手をかけていた。うなじに沿って指を当て、ぐっと力を入れる。黙れ。飼い犬に言うことを聞かせるかのように。

布施はぶるりと震え、口を閉じた。目が半開きになり、肩が落ちた。

全身から力が抜け、無抵抗になった布施を後ろ手にし、遥は手錠をかけた。

「お……お前、なにをやった」

啞然とする晴山の腕を取り、少し離れた場所に連れて行く。土師一人をその場に残す形になったが致し方なかった。晴山の背中に手を当てて気持ちを込める。

「すみません。私にも、すべては分かりません」

どうにか思いを伝えたかった。できるだけ正しい言葉を選びたい。

「でもとにかく、あの人の言うことは、信じるに値しません。怖がらせようとしてるだけです」

晴山は少ししゃんとしてくれた。

「分かった」

その返答に、遥はいとおしさを感じた。

「だが、あの人は……俺以外には知らないことを、知っていたぞ」

怖々と振り返る。布施はまったく動く気配がないが、そばに立っている土師育子が心細そうだ。

「布施さんは、なんかに取り憑かれてるように見える」

「たぶん、そうなんだと思います」

晴山が目を瞠《みは》る。遥はすかさず言葉を重ねた。

「警察学校でも習いました。精神に疾患を抱えた人や、薬物中毒の人は、幻覚を見ると」

「布施さんが、ヤク中？」

「いえ……似たような状態なんです。きっと」

晴山は納得いかないように頭を揺らした。遥は、もっと正直になるべきだと思った。

「晴山さん」

人間であって、人間でないものの仕業です。

喉元まで出かかった。やはり言えない。なにを言っていることにもならない気がした。

混乱させるだけだ。ではなんと言えばいい？

「あんな人じゃなかった」

晴山は吐き出した。知っていた布施忠夫との違いに心底衝撃を受けている。

「しっかり信念を持った人だった……絶対に、犯罪なんかする人じゃなかったのに」

「変えられてしまったんです。病気につけ込まれて」

「お前はなにを知ってるんだ？」

自分に矛先が向いた。当然だ。布施も常識外れだが、小野瀬遥も似たりよったりに映っている。

「お前の味方とは、だれだ。会わせろ」

会わせられない。会えるのは自分だけだ。

だから、行かねばならない。遥は悟った。

黄昏のあの町へ。あの派出所には相変わらず、だれもいないかも知れない、ならば、あの巡査を探す。あの町の暗い路地の奥に分け入ってでも。

「少し時間をください」

遥の悲壮な顔が、心を打ったようだった。晴山はそれ以上は詰めてこなかった。

「信じていいんだな」

はい、と遥は頷く。

道案内くん、いますぐにでも会いたい。お願い。道を教えて。そう、胸の中で唱えた。

暗い水面《みなも》を、びゅうと一迅の風が突き抜ける。

第四話　黒羽根に光輪

1

「やっとです。あのハッシュタグを禁止にできました」

「……時間がかかったな」

生活安全部のテクニカルオフィサー・田久保と、捜査一課の係長・晴山旭が会話している。小野瀬遥は思わず身を乗り出した。

犯罪教唆の危険ワードとしてようやく、#謎解きジャスティスがSNS内から一掃されたのだ。無差別連続殺人への対抗措置として最低限の体制が整った。

「運営元もなかなか鈍かったですが。警視総監からの直々の要請という形にしたら、さすがに動いてくれた」

「ひでえもんだな。言論の自由を履き違えてやがる」

晴山は床に唾でも吐きそうな勢いだった。

「道具だけ提供して、あとは知らねえってか。ただの無責任だろう。人が殺されてるのに」

「でも、これで時間稼ぎできると思わない方がいいでしょう」

丁寧な口調で釘を刺したのは、この場で唯一のキャリアだった。

「首謀者は別のハッシュタグを起ち上げて、同じようなムーブメントを起こそうとするかも知れない。イタチごっこになるかも知れません」

柳楽宣次理事官の警告は正しい。遥はこの場にいる全員の顔を見比べた。

本庁の捜査員だけで集まっている。所轄署員抜きの、即席の捜査会議だった。

身内に逮捕者──小岩署の布施──が出た今、可及的速やかに事件を解決する責任を全員が強烈に感じている。刑事たちの顔はどこか引き攣《つ》り、血の気が引いていた。起きながら悪夢を見ているかのように。

「このハッシュタグを使った、すべてのアカウントの使用者のデータも提供してくれと頼んであります。届き次第、解析します。首謀者の特定につながるかもしれません」

「急いでね。期待してるから」

4係の長、土師育子も田久保を励ました。当初からこのヤマに関わってきた刑事ならではの思いが迸《ほとばし》っている。

「もう絶対に犠牲者は出せない。一気にホシを割り出して確保しましょう」

なりふり構わないという決意を見せる。小佐野捜査一課長含め、全員が強く頷いた。

「布施さんのポリスモードの通話履歴は？　解析は終わったんでしょう？」

晴山が土師に向かって勢い込んで訊いた。首謀者と目される〝プロデューサー〟。その発信元や素性が割り出せれば解決にぐっと近づく。

「それが……それらしい通信履歴が残っていないの」

土師の答えは誰も想定していないものだった。

「特殊なツールを使っているとしか考えられません」

田久保がすかさず注釈を入れる。

「端末に痕跡が残らないというのはよほどのことです。敵は手強い。こっちもあらゆる手を使わないと……」

警視庁で最もスキルに長けたテクニカルオフィサーも顔色《がんしょく》なしだった。かつてないケースに我を失っている。

遥は晴山と顔を見合わせた。互いの腕に鳥肌が立っているのは見なくても分かる。この感触は、一課長や理事官には伝えようがない。布施を確保した江戸川の現場にいた人間でないと分からない。あの、澱んだ風。喩《たと》えようもない暗さ。

「諦めてはいませんよ。まるでゴーストですが、トップレベルのハッカーならこれぐらいやってのけます。あるいは、国家的なサイバースパイとかね」

田久保が気概を見せた。だが顔に血の気が戻ってはいない。

「なんでもいい。急いでくれ」

晴山は苛立ちを隠さなかった。

「連中が次の謎を繰り出してきたら、また地獄みたいな騒ぎになる。あちこち走り回らされるのは、もう御免だ」

「はい！　すべての中継点に、なにも残っていないとは思えない。ちょっと時間をいただきますが、丹念に洗い出しますよ」

田久保の両目に燃える執念に、希望を感じた。眼差しには晴山へのリスペクトも見える。やはり晴山は捜査一課の屋台骨だ。

だがこの田久保とて、あの江戸川の橋の下での異様な空気を経験しているわけではない。どうやっても通信の痕跡を見つけられない、という可能性には思い至っていない。

本物のゴーストが介在しているかもしれない、などと思うはずもない。

「布施さんのポリスモードが、布施さんへの司令に使われていたとしたら」

誠実な声が響いた。あえて今まで、誰も言い出そうとしなかった事柄について。

「布施さんを操ったのは、別の警察官ということになります」

至極冷静な分析。柳楽だった。

「布施さんの上役？　小岩署の課長、あるいは……」

晴山も開き直ったように切り込む。

「同じ警察署に限定する必要はないと思います。警視庁所属の刑事はほとんどがポリスモードを使っている。それこそ、この本庁のだれかだということもあり得る」

柳楽は、誤魔化すつもりがなかった。布施と比較的親しかったということもあって彼なりに責任を感じているのだろう。

「実行犯の特定。警察官の線で、進めましょう」

土師が努めて事務的に言ったのが分かったが、全員の顔が硬い。仲間を探るなど、気が塞がないはずがない。

「大っぴらにやれませんよ」

7係の元気どころ、酒匂三郎の顔色は特に悪い。正義感が強いだけに、裏切り者の存在を知って衝撃を隠せないのだ。上長の晴山が引き取る。

「地道に潰していくしかない。事件当日、非番だった連中や、不審な動きをした者、居場所が特定できない者……」

「くそ、手間もかかるし気を遣う」

ふいに田久保が本音を漏らした。自分にかかる負荷に呆然としているようだ。通信に関わる何もかもを田久保にかぶせるのは気の毒だった。自分が引き受けられないだろうかと遥は頭を捻ったが、柳楽に先を越された。

「警察庁の情報通信局に同期がいます。田久保さん、よかったら連携して調査を進めてください」

「あの……私にも、できることがあれば」

控えめに申し出た遥の声は、小佐野一課長にあっさり遮られた。

「くれぐれも情報漏洩に気をつけてくれ」

現場統括者の気苦労が声に染み渡っている。

「それでなくとも、警視庁は信頼を失っている。これ以上、身内の醜聞が表に出たら……」

小佐野の気持ちは分かる。だがホシを逮捕しないわけにはいかない。また一人、警察官の重罪が明らかになることで、警察への信頼が大きく削られることは間違いなかった。避けようのない未来だ。

「私は特に、プロゴルファーの金崎智世を襲った二人組が気になります。現場に戻ります」

土師育子は自分なりの感触で、最短距離を走ろうとしている。首謀者だけでなく、走狗となった実行犯も警察官であることを疑っている。

であれば、自分も最短距離を走らなくてはならない。遥は強く思う。

「4係は、そっちのケースを追うと。では、7係は」

晴山は言葉を止め、改めて思案した。迷っている。

一課長も理事官も、他の刑事たちも晴山を見ていた。どこかすがるように。

「無理を承知で、もう一度布施さんに当たるかな……」

末期癌の布施忠夫を訪ねて病院へ行く。それは、意味のあることだとは思う。だが遥は気が向かなかった。布施は、驚くほどなにも知らないのだ。橋の下で確保したとき痛感させられた。〝プロデューサー〟の手管が狡猾すぎるゆえだ。人の弱みにつけ込むのが恐ろしく上手い。自分の手先に接触していながら、驚くほど痕跡を残していない。この上なく用心深く、用意周到。しかも、通信履歴も消去できる技術力も備えているらしい。

いや。異常な力を持っているからではないか？

やっぱり、通常の捜査では足りない。あたしにしかできないことがある……遥は晴山の顔を見てショックを受けた。バランスを欠いている。怯えが滲んでいる。橋の下での布施の異常さを思い出しているのだ。薬物中毒では片づけられない、何かに取り憑かれたとしか見えないあの様子……また、あんな布施に会うことを恐れている。

晴山は、視線に気づいて遥を見た。布施の首に手を伸ばして触れ、魔法のように無力化した部下のことを。遥は思わず目を伏せてしまう。

「晴山さん。できることはしますよ」

申し出たのは柳楽理事官だった。晴山の様子を見て心配になったようだ。

「必要なら公安にも、監察にも掛け合う。内部の洗い出し、やれるだけやりましょう」

キャリアも危機感を共有し、現場のために危ない橋でも渡ると言っている。警察官が警察内部を探るのは、実は最も難しい仕事だとよく知っているのだ。警察は完璧な縦社会。セクショナリズムの締めつけも強い。有り難い申し出だが、いまは的外れだと遥は思った。晴山が恐れているのは、真犯人が普通の人間ではないという可能性なのだ。

もやもやしたまま、内々の捜査会議は切り上げられた。一人一人が重い足取りで会議室から出ていく。

室内に残ったのは7係の二人。ごく自然な成り行きだった。

「小野瀬」

晴山に低い声で呼ばれる。

「布施さんも気になるが、お前だ。いちばん気になるのは」

改めて詰められた。他の刑事たちの前では憚られることを訊こうとしている。

もう逃げられないと思った。あの橋の下の一件から、晴山の自分を見る目は変わった。恐れが混じるようになった。遥は、つらかった。こんなことになると分かっていた。だから道案内の巡査のことも、プロデューサーとやらの物まねをして、占い師を追い詰めた」

「お前は……その、プロデューサーとやらの物まねをして、占い師を追い詰めた」

晴山の問いはたどたどしかった。

「それだけじゃない、布施さんまで怯えさせた。しかもお前は、あの、取り憑かれたような布施さんを、触っただけで失神させたな？……あれは体術じゃない。なにか、まじないのように見えたぞ。なにをやった？」

「自分でも分からないんです」

遥は苦労して顔を上げた。正直に訴えるしかない。

「とっさに、身体が動いて」

説得力がないことは自分でも分かっている。晴山は黙り込み、腕を組んで遥を見つめた。その腕に乗った指が少し震えている。

「なにか、見えてるのか」

怖い質問だ。迂闊に答えられない。

また顔を伏せそうになって、堪える。晴山の前で逃げたくない。

「あの布施さんは、まともじゃなかった」

そう言う晴山は、改めて戦慄に襲われていた。

「あの人はいきなり、俺の、昔の仲間のことを語ったんだぞ。そいつらがアメリカに渡ったことも知ってた。そんなことを知ってる人間は、ほとんどいない……なぜ布施さんが知ってた?」

それには遥も答えられない。

「しかも、死んだなんて……焦ったよ。でたらめだったけどな。一人とは連絡がついた。少なくとも、一人は生きてるってことだ。つうことは、布施さんはわざと嘘を言ったんだ」

「晴山さんを、怖がらせたかったんだと思います」

確信を込めて答えた。布施を操ったのは邪悪な存在だ。どんな虚言でも吐く。

「そうだな」

晴山も同じことを思っていたようだ。

「とにかく、薬物なんかじゃない。俺には、布施さんが別人に見えた。それこそ、取り憑かれてるように。俺だけじゃない。あの場にいた人間は全員、そう思ったんじゃないか？」

遥は頷いた。本当に取り憑かれていたんです、とまでは言えない。

「おい。お前には味方がいると言ってな。まだ教えられないのか」

一瞬、口を突いて出そうになった。何もかもが。

黄昏の町に佇《たたず》む巡査の後ろ姿が浮かぶ。

「――もうちょっとだけ時間をください」

遥が絞り出したのは、そんな台詞だった。江戸川のほとりで答えた言葉の繰り返し。

「あたしも、混乱してます。なにが正しいのか、自信がないんです」

自分を縛る縄は強固だった。この期に及んで語らない部下に、晴山は動揺を露わにした。遥が正気と狂気のどの辺りにいるかを見定めるように、目を細める。

やがて結論が出たようだった。晴山は静かに頷いてくれた。立ち上がって会議室を出ていく。その背中を見ながら、遥は改めて思った。

信頼に応えたい。あたしにしかできないこと。それを、いますぐにやらないと。

行かなくては。

希望はあそこにしかないように思えた。

だが、道案内の巡査はきっといない。助けを求められない。

それでも、行くしかないと分かっていた。それが自分が行ける最短距離だ。

2

7係の自分の席に戻る。遥は改めて途方に暮れた。

行きたいと言ってすぐ行けるわけでもない。本当に行きたい時に、黄昏派出所はひどく遠く感じられる。今すぐこのデスクに顔を伏せてうたた寝したって無理。外へ出てでたらめに歩き回ろうか？　黄昏の町に迷い込めるんじゃないか。いや、まったく自信が湧いてこない。ならば、念を込めてどこかに電話でもした方がいいか。巡査が出てくれるかもしれない。いや……そんなに都合よく相手にしてもらえるか？　焦れば焦るほど彼が遠ざかってゆく気がする。

そうだ。別のやり方がある！　閃きが遥を摑んで揺さぶった。入り口だ、あれこそ……あたしの行きたい黄昏の町じゃない。全く別の場所かもしれないが、あれもまた入り口。間違いない。

布施の持っていた二つのスマホだ。あの向こう側に〝プロデューサー〟がいる。確実に。

遥は、身支度をしている晴山を呼び止めた。今にも外へ飛び出そうとしている。どこに行く気かは分からない。

「すみません晴山さん。いま、布施さんの所持品は、鑑識ですか？」

「一部は科警研に行ってるかもしれん。スマホは、生安部のサイバー対策課かもな」

なるほど、と遥は頷く。田久保が中のデータを解析しているのだ。直接行って貸してくれと頼もう。迷っている暇も惜しい。すぐさま刑事部を出て、生活安全部のフロアを目指してエレベーターに乗った。

扉が開いて廊下に出る。ところが、目を上げるともはや警視庁ではなかった。

見覚えのある部屋。新宿の雑居ビルの一室だ。陽気妃の〝占いの館〟。その奥にある控え室に遥は立っていた。

さすがに眩暈がした。変化が急激すぎて感覚が受け入れを拒んでいる。だが、瞬きを繰り返しても目の前の光景は変わらなかった。あたしはあっさり跳躍したらしい。打ちっ放しのコンクリートの壁も、ソファーと小さなテーブルも、リアルそのものだ。

そして――テーブルの上に載っている二つのスマホ。

確かにあたしは、この対になった電子機器を求めた。だけど、それがあった部屋に来たいと思ったわけじゃない！　なんで一気に飛ぶんだ。遥は振り返ったが、乗ってきたはずのエレベーターがない。桜田門から新宿へ一瞬でワープ？　それとも、起きながら夢を見ているのか。幽体離脱というやつだろうか。そんな実感はまるでない。いつもの自分だ。身体は空気の流れを感じている。

ともかくここから出たかった。空気が重い。肺は浅い呼吸を繰り返している。何より、台の上に置かれたスマホが嫌だ。

前に見た時のように画面は真っ黒。だが感じる。かすかに、プロデューサーの気配を。じっと私を睨んでる。

奴も同じなのだ。遥はふいに悟った。生きていながら、違う世界に行き来できる。世が世なら魔術師とか、神官とか、教祖とか呼ばれていた。お互いに似た体質ということか？　そうかもしれない。

だが、絶対に違うことがある。相手は自分の力を駆使して大勢の人を苦しめている。命さえ奪う。なんと呪わしい魂だろう。しかも——警察官なのか？

「あんたを捕まえる」

遥は宣言した。

途端に弾き出された。部屋から。

3

気づけば遥は黄昏の光の中にいた。

目の前に派出所がある。祈りが通じた、とホッとした。初めからここに来たかった。余計な部屋を経由はしたけれど、そこを弾き出されてからは、一瞬でチューニングが合ったようだ。ここへ来る定期券を持っているかのように。

越境する力が強くなっている。そんな自覚はあった。事件が積み重なるごとに、行き来することが自然になっている。ただし、何度ここを訪れても巡査に会えないのは変わらない。現に今も、派出所の中は空っぽだった。

だががっかりしている場合ではない。今日こそ先へ進め。そう決めてきた。

派出所を越えて先へ行ってみよう。黄昏署へ。

いつか行きたいと思っていた。そこにいるという刑事たちに会いたいと。

ただし、闇の深い場所がある。気をつけないと迷子になる。黄昏署に向かうことはおすすめしない。彼ははっきりそう言っていた。

怖い。だがもうそんなことは言っていられない。遥は歩き出した。背中を押したのは、なによりも怒りだった。あたしは刑事であってガキの使いではないのだ。一連の事件の背後で、全てを操っている真っ黒なだれか。おそらく警察関係者。どうして放っておける？　先輩たちはできることを全力でやっている。あたしも続くんだ。

東京都一〇三番目の警察署にたどり着きたい。そこにいる刑事たちに頼みたいのだ。黒幕を教えてくれ。逮捕する方法を教えてくれと。彼らがそれを知っているのか。そもそも本当に刑事などいるのかも分からない。会えたとしても、自分の味方になってくれるとは限らなかった。改めて冷静になると何もかも不確かだ。あたしは何の意味もないことをやっているのかもしれない。

それでも遥は足を止めなかった。暗い路地にぐんぐん分け入ってゆく。一歩進むごとに視界が狭まった。薄闇に満ちる橙色の光が減ってゆく。町中を浸している柔らかい光が届かない区画に、填まり込んでゆくのを感じた。代わりに遥を包むのは独特な闇だ。濃厚な液体のような。こんな闇は現実の世界には存在しない。物理的な暗さではない、なんと言えばいい……人外の領域。そんな表現がしっくりくる気がした。あえて言うなら、宇宙の外のような。音もない。空気さえない。虚無。

ふいに恐怖に襲われた。このまま進んだら、きっと方向感覚など無意味になる。気がついたら宇宙の果てに飛ばされてるんじゃないか？

それでも、遥がどうにか足を動かせたのは、ほんのりと明るいところがあるおかげだった。ツメクサのような小さな花が青白く光っているところがあるのだ。その周りを、蜂か蝶のような虫が飛び交っているのも見えた。ところが、近づいていくとふっと消えてしまう。だからその虫や花がなんなのか、しかとは確かめられない。

そうやって、点いては消え、点いては消える明かりを辿って遥は進んだ。誰かの誘いに乗っているようで、怖いと思うべきかもしれない。ところが不安ではない。淋しさも感じない。道標だと思った。ほのかな温かさも感じる。この濃い闇にそぐわない温度。誰かがそばにいて、体温を分け与えてくれているような気もした。

ハッとして遠くを見る。なにか見えた。

はっきりと像は結ばない。物々しい気配だけが微かに伝わってくる。立ち尽くして目を瞠《みは》っていると、ふいに、驚くほど近くを、人ではない生き物が群れをなして走っていくのがぼんやり見えた。野生の鹿？　いや、アフリカのヌーだろうか？　遥には自信がない。もしかするとそれは、イルカかもしれなかった。大勢の気配はひしひし感じるが、足音がまったくしない。それでいて、会話のようなものがかすかに聞こえた。それは音というより、思念のような……急げ、向こうだ！……それもたちまち遠ざかってゆく。次の瞬間には、夢を見ていたような気分になる。もどかしかった。どれもこれも、しっかり捕まえる前に消えてしまう。

一抱えもある箱が、一列をなして闇の中に浮かび上がるのも見た。その箱ははっきり像を結んでいて、西洋の宝箱のような外観をしていた。蓋が開いている箱もあれば、閉じている箱もあった。開いている箱からはほのかな光が漏れ出している。悪いものではないという予感がしたが、近づきはしなかった。近づいてもどうせ消える。遥はただ前に進むことを選んだ。あちこち寄り道していたらいつまでも辿り着けない。

ふいに、頭の上に明るさを感知した。ふっと空を見上げる。

突拍子もない光景がそこにあった。空の一角に晴山旭の姿が見えたのだ。なのに不思議に思わなかった。テレビの画面でも眺めるように、足を停めて見る。

晴山は小走りだった。だれかを追いかけているようだ。任務の最中か。追っているのは容疑者か？　なんの事件かは分からない。追いかけている相手も分からない。

ふと、晴山を真上から俯瞰する形になった。道の角で待ち伏せしている人影が見える。そのまま進むと、晴山が危ない。

「主任、気をつけて！」

思わず叫んだ。

すると、空の晴山がびくりとして足を止めた。キョロキョロと辺りを見回す。

警告が届いた。そう安心した遥は、晴山から目を離して先に進んだ。もはや主任でなく係長だ、と思い出したのは叫んだ後だった。まだ慣れない。遥が捜査一課に配属になった時からずっと主任刑事だったからだ。

だが、よかったのかもしれない。あの空に映った晴山の顔は、いまより若かった。いつの晴山であっても、こっちの思いが届けばそれでいい。独りではない、と思えた。一緒になって捜査している。いつしか遥の顔はほころんでいた。

世界はどんなふうに重なり合っているのだろう。いま互いにいる世界が、どう影響し合っているのか。確かなことはまるで分からない。それでも、繋がりあえている。そう信じられて遥は元気づいた。歩みに勢いがつく。

唐突に明かりが失せた。道標も、気配も消えた。ただただのっぺりした闇が目の前に果てしなく広がっている。

それでも遥は、前に進むことができた。闇に目が慣れた？　そんなことではない気がするが、怖さが薄れている。前が見えなくても大地はある。足を進めさえすれば、どこかへ着ける。それは間違いなく思えた。

するといつしか、遥は淡い気配に取り囲まれていた。

それは、ひどく儚かった。窓ガラスに張りつく霧雨よりももろい。それでもだんだんと像を結び出した。行き交う人々の群れのようだ。ところが、存在感に乏しい。だれ一人として、遥と関わることなくすれ違っては消えてゆく。まるで幻灯機が作り出した影のように。

この闇に住む人々か？　いや。別の世界からこの世界に落ちた影、のようなものだろうか。そんな気もした。すれ違う人たちの姿に目を凝らしてみる。同じ特徴があることに気づいた。口許がほのかに白い。どうやら、マスクをしている。ほぼ全員がだ。どうしてだろう？　季節のせいではない。ここには季節感がない。

この人たちは、必要に駆られてマスクをしている。歩く姿も、怯えるように、肩を竦めているように見える。疫病？　いつの時代のことだろう。

遠い日のことじゃない。いずれみんながマスクをするような日が、来るのかも知れない。なんとなくそう思った。

そんなマスクの群れもやがては遠ざかり、消えていった。またしばらく、何もない闇が続く。感覚器が何も感知しないと、自分が起きているのか寝ているのかも判然としなくなる。身体の先がどこからどこまであるのか、自分がどこから来てどこへ行くつもりなのかも見失いそうになる。このまま闇に溶けて消えてしまうのではないか。気づかぬうちに無明地獄に迷い込んだのだろうか。

唐突に唸り声が聞こえた。目の前から。

さすがに足を止める。夜の山で野犬か、熊に遭遇したような気分だ。明かりがないので正体も分からない。

おばあちゃんなら対処できただろう。山の隅々までが自分の庭だったから。明かりのまったくない山道も一人で歩いて平気だった。後ろをついて歩きながら、どうして道に迷わないでいられるのか不思議だった。おばあちゃんに頼りきりだったあたしは、何も学ばなかった。だからいまも、どうすればいいのか分からない。

ふわっ、と空気が動く。相手の息遣いが顔に届いた――近い。すぐそばまで来た。

匂いはない。微かな熱だけを感じる。体温？　ここを縄張りにしている獣か。迷い込んできた遥に関心を持っている。いや、獣であるはずがない。ここは山じゃない。どこまでも暗い場所だ。ということは、もののけ。鬼。悪霊……ふさわしい言葉は知らない。それがそばにいる。あたしを見ている。

遥は妙に無感動だった。本能が、あえて感じないことを選んでいた。どうせ逃げ場は無いのだ。ここで大騒ぎしても何の意味もない。私の魂はどこまでも剥き出しで晒されている。

相手は攻撃してこない。遥を捕まえて引きずり倒そうとはしない。なら、身動きしないでいよう。いなくなるまで待とう。相手の気が済むまで突っ立っていよう。

自分が刑事であることはなんの足しにもならなかった。肩書きも能力も役に立たない。いま、生身の自分だけが闇の中にぽつりといる。

勇気以外に武器はない。痛感した。人間にはそもそも、勇気以外に何一つ、必要なものはないのかも知れない。そんなことをぼんやり思った。

死にに来たか

呟きが聞こえて、背筋に冷感が走る。だが怒りの方が上回った。馬鹿にする調子だったからだ。

相手は自分を怖がらせようとしている、こけおどしだ。卑怯なチンピラのやり口だ。そう思えたのは刑事の経験のおかげだった。遥は、相手の声が聞こえたことに感謝した。相手が卑怯だと分かると勇気が湧くのだ。犯罪者と向き合う警察官も同じ。相手の程度を見極めた時点で対応が決まる。

遥は恐れないことに決めた。無視して足を踏み出す。ここにいるのは雑魚《ざこ》だ。

遥を止めたのは音だった。耳許で銅鑼が鳴るよりも大きな声が轟き、さすがに腰を抜かしそうになる。突風のようでもあり、獣の唸り声のようでもあった。

気づけば目の前に、壁のようなものがぼんやり見える。圧倒的な巨大なものが立ちはだかっていることに、どうして気づかなかったのか。なにかが通せんぼしている。呆気にとられて見上げた。

人の形をしているのが分かった。はるか上の方に巨大な頭のシルエットがかすかに見える。巨人だ。とんでもない番人が闇に潜んでいた。

「私は警察官です！」

遥は上空に向かって言った。無謀なことをしている自覚はあったが、他にどうしようもない。

「黄昏署に用事があります。ここを通してください！」

自分の声が朗々と響き渡るのが遥は気に入った。あたしは開き直ってる、と思い、思わず笑みが漏れる。

ここは一方通行だ

上から声が降ってきた。音量はゲリラ豪雨よりうるさかった。

死んだ者しか、先へ行けない

遥は頷いた。きっとそうだろうと思っていた。それを承知でここまで来たのだ。

「でも、黄昏署に行けないと、来た意味がないんです」

巨大なだれかと喋っている。現実とは思えなかった。こんな話を子供の頃に何かの絵本で読んだような気もする。この体格差じゃどうせ手も足も出ない。言いたいことを言おう。踏み潰されるまでは、好きなように。

「どいてください。あたしは、行かなくちゃならない」

ならば、死ぬか？

砲撃のような声とともに、巨人がかがみこんでくるのが分かった。ものすごい風圧。遥は両手をかざして頭をかばった。巨大な手がハエたたきのように自分を潰す。あるいは喰われる。そう思った。

ところが、気づくと巨人はどこにもいない。

その代わり、目の前にくたびれた背広姿の男がいた。

はっきり見えた。顔つきさえ分かる。角ばった顎と垂れた眉。背丈は遥とそう変わらない。

「あなたは……？」

「刑事だ」

少し照れくさそうに言った。遥は首を傾げ、それから笑みを浮かべてみせた。

「変身してたんですか。今の巨人に？」

そうに違いないと思った。迷い込んできた者を追い返すためだ。

それには答えず、刑事は横目で睨んできた。

「生きたままここへ来るな。なにを考えてるんだ」

叱られたが、言い方は優しい。それでかえって、遥は居住まいを正した。

目の前にいるのは化け物ではなく先輩だ。礼儀を守らないと。

「道案内は、なにしてた」

先輩刑事は不本意そうに訊いてきた。

「派出所には、だれもいませんでしたよ」

遥が言うと、

「あいつ……わざとお前を通したか」

そう呟いたが、それほど怒っているようでもなかった。遥をちらりと見るとうつむき加減になる。

「お前、変わってるな。こんな奥まで入ってくるなんて」

ぼそぼそした声。さっきまでの大声が嘘のようだ。

「すみません」

遥は頭を下げておく。相手の朴訥さにホッとしていた。刑事にはままいるタイプだ。

不器用でものの言い方は荒いが、職務に対しては熱い。

「助けてください」

だから素直に頼めた。

「恐ろしく悪い奴が、また人を殺しそうです」

すると刑事は頭を掻いた。

「分かってる。相手は大物だ」

顎を押さえて首を捻った。この刑事も困っているようだ。

「なかなか尻尾を摑ませない。俺たちも苦労してる」

それがどういう意味なのか、正確には分からなかった。だが、警視庁が頑張っているのと同様に、この黄昏の町でも刑事たちが頑張っている。同じホシを追っている！

「とりあえず来い。署まで」

さらりと言われて遥は一瞬絶句した。

「……黄昏署ですか？」

「そうだ」

「い、行っていいんですか？」

「たぶんな。よく分かんねえけど、署長に怒られたら、帰ってもらうまでだ」

ぶっきらぼうに言って歩き出す。遥は見失わないように必死にくっついていった。相変わらず道は暗い。だが、刑事がくっきり見えるおかげで見失う心配はなかった。

相手が決めてくれたのだと思った。もう姿を隠さないと。

やがて見えたのは、四角くて古い建物だった。唐突に視界に現れたそれはいかにも昔風の、三階建ての実用的なビル。正面には堂々と看板が掛かっている。〝黄昏署〟と。

相変わらずの闇の中で、この建物にだけは人間味を感じた。正面扉と窓からもれる明かりに温もりがある。刑事に続いて正面から中に入ろうとすると、刑事はふいに振り返って遥を見た。

「そこにいらっしゃったか」

ひとこと呟き、中に入っていく。

遥は意味が分からずしばし突っ立っていた。それから、そこにいたか、というのはあたしのことじゃないと気づいた。あたしの後ろにだれかいる?

ところが、振り返ってもだれもいない。

首を捻り、刑事の背中を追いかけた。

4

そこには妙な懐かしさが溢れていた。

昭和の頃の刑事部屋はこうだったに違いない。そう思わせる雑多な景色。居並ぶデスクの上にパソコンは一台もなかった。あるのは黒電話。そして堆《うずたか》く積まれた書類だ。

そういえば派出所の巡査も無線を使っていた。たぶんこの署の刑事は、携帯電話を持っていない。要らないのだろうと遥は思った。

この部屋には人の気配が溢れている。ところが、姿は見えない。遥は瞬きを繰り返す。だが何度目を凝らしても、奥に一人いるだけだ。遥を連れてきた刑事とは挨拶も交わさない。

お二人だけですか？　と訊こうとして遥は躊躇う。訊くべきことは他に山ほどある気がするが、うまく言葉にできなかった。ただ突っ立っていると、奥にいた刑事が顔を上げて遥を見た。

「時々、影が過《よ》ぎるんだよ。突風みたいにな」

唐突すぎて、遥には答えようもなかった。

あそこは課長席か？　そのようだ。ということはあの人は刑事課長。白髪混じりの七三分け。太い黒縁眼鏡をかけたその男は、少しかすれた声音で続けた。

「影は必ず、この町を経由してゆく。俺たちは、気配を捉えるのが得意だ。そうやって足をつけて、悪者を確保してる。ところが、奴は桁違いに逃げ足が速いんだ」

悔しげに口許を歪める。言っていることを正確には理解できない。それでも、妙に腑に落ちた。この町は東京と重なり合って存在しているのだ。裏東京。あるいは、超東京。正しい表現は分からないが、ともかくもこっちにも、こっち担当の刑事がいる。東京に際立った悪者が現れると、この世界にも影が射す。そしてこちら側の刑事が動く。

だが、どうして悪者の正体が分からないのだろう。こっちの刑事の方が経験豊富で、いろんなことを見通しているに違いないのに。

「すまない。手を尽くしてるんだが、まだ分からない」

頭を下げてくる。遥が言わずとも、察してくれた。

「出払ってる刑事たちも、働きづめなんだが。あの烏《からす》野郎はどうにも、闇の中を飛ぶのが上手い」

その言い回しに遥は首を傾げた。自分を連れてきてくれた刑事を見る。ところが、いない。もうどこかへ行った。次の地取りに出たようだ。

改めて課長席を見る。この黄昏署の刑事たちを仕切る課長は、何年前にこの署に配属になったのだろう。勘でしかないが、かなり前のような気がする。ずっとここで捜査を指揮しているのか。もしかすると時々、だれかの夢の中に現れて、手がかりを与えたり、逮捕に導いたりしているのだろうか。

「大事な場所なんですね、ここ」

ふいに感謝が溢れた。派出所の巡査に指示を与えていたのもここだ。道案内の彼は、この課長に指示を仰いでいたのではないか。

「悪い奴ほど、姿を隠すのが本当にうまい」

遥の思いには関心がないのか、課長は淡々と、自らの苦悩を口にした。

「本心を隠せる奴だ。自分の殺意を、殺意とも思っていない。息を吐くように人を傷つける。そいつにとって、嘘は嘘じゃない。そういう厄介な奴は、透明人間も同じなんだ」

遥は頷いた。まだ経験は浅くても、何人もの悪い奴と接してきた。

「良心があれば、足がつく。良心がない奴は手強い」

良心がない。そんな人間もいる、ということはなんとなく感じる。捜査一課に配属になってからは、桁違いに邪悪な犯罪者と対峙する機会が増えた。同じ人間とは思いたくないような者は確かにいる。ただ、大抵の犯罪者は人間らしさも持っている。感情の起伏がある。喜怒哀楽が備わっている。

「本当にないんだ。ひとかけらも、情ってやつが」

課長は熱を込めて力説した。

「地獄で生まれたような奴だ」

「しかも、警察官なんですよね？」

確かめなければならない事実。課長の顔が曇った。それでもしっかり頷いてくれた。

「そんな人間が、どうやって警察に……」

「警察には、よく魔が入り込む。珍しくもない」

そう切り返された。恐ろしい指摘だった。

「警察官という身分は、他のなによりも都合がいい。正義のお面を被って、権力の鎧を着たら、怖いものはないじゃないか。本当に悪い奴は、警察官になる」

遥は頬を張られたような気分だった。

「どの時代も、敵は常に身内にいた」

「…………」

甘い覚悟で警察にいるな、と諭された気がした。普段からしっかり見張っていなくてはならないのか。同僚を。それはあまりに気が塞ぐ。だが実際に警察官が、警察官を操って人を傷つけている。取り返しのつかないことが現に起きている。

ガタガタガタガタ、と黄昏署が揺れた。ふいに突風が襲ってきた――いや、これが自然現象のはずがない、と遥は悟った。この世界には偶然というものがない。全てが何かの反映であり、意味を持つのだ。ということは。

「挑発だ。奴の」

やはり悪意だった。刑事課長が明言した。その忍従の表情に遥は胸を締めつけられた。滝行の最中の修験者よりつらそうだ。

「奴の羽ばたきは、こんなふうに俺たちを打ってくる。嘲笑うようにな。だが、あわててここを出て追っかけても、もう姿がないんだ。闇に紛れるのが恐ろしく上手い」

この人たちにして手こずっている。黄昏署の刑事を総動員しても尻尾も摑めていないなんて。絶望的な気分になるところだが、

「あたしが確保します」

遥は鼻息荒く宣言していた。すると刑事課長は、鋭い目で遥を見た。

「あたしがここに来た意味を考えていました」

遥は目をそらさずに続ける。強くありたかった。

「何か役割があるはずです。どうか、あたしを使ってください」

「奴を見つけられるか？」

課長は訝しんだ。経験不足の青二才をじっと見据える。

「奴は偽装が得意中の得意だ。悪意を隠せる。お前の味方という顔をするかもしれない。だがどんな人間らしい表情をしようと、その向こう側は空っぽだ。覚えておけ」

「はい。ありがとうございます」

急激に怖くなってきた。刑事課長が、責任を遥の双肩に載せると決めたからだ。

「お前の言う通りだと思う」

低い声が遥の胸に沁み入ってくる。

「生きたままここに来た刑事は、俺の知る限り、お前が初めてだからな。意味がないわけがない」

その台詞は、遥に百人力を与えた。

「行け。ただ、帰る途中で迷うなよ。帰れなかったら元も子もない」

突き放すような一言。だが思いやりに溢れていた。遥はもう言葉もなく、深く礼だけをして刑事部屋を出た。

黄昏署の建物を出ると、大いなる闇が広がっていた。さっきくぐり抜けて来たはずの闇が全くの別ものに感じられる。まるごと、獣の顎のような。

さっき黄昏署を襲った悪意が、この闇の中に溶け込んでいる。突風となって、今度は自分を襲ってくる……すくむ足を、どうにか前に出す。刑事課長は戸口まで来て見送ってくれなどしない。他の刑事も、道案内の巡査ももちろんいない。圧倒的に一人だ。だがそもそも刑事は独り立ちしていないと務まらない。甘えるな。勝手にやってきたのは自分で、重い責任を引き受けたのも自分。怯えてる暇があったら早く戻れ……絶対にプロデューサーを確保するんだ。あたしが。

胸の内に炎を燃やしながら、闇の中をしばらく進んだ。ふと振り返ってみる。

黄昏署は跡形もなく消えていた。

本当に一人になってしまった。だれからも遠い。生命のいない惑星に飛ばされたような気がした。永遠の夜が支配する星の上で、一人進むしかない。絶対に生者の世界に戻るんだ。もたもたしてると永遠に迷子だ。

どれぐらい経った頃だろう。ふわり――と通せんぼされた。再び。二本の脚が目に入ったとき、遥はすぐ察知した。

それが闇を凝り固めた生き物だと。

来た時の巨人ではない。視線を上げても、巨大ではなかった。ただただ濃い影で、顔が見えない。脚の形もはっきりしない。ただ、人間の脚とは違っていた。靴を履いていない。裸足だ。指が長い。そして、先端が鋭い。

鉤爪か？　あたしの前にいるのは、人間大の鳥？

気配が静かすぎて殺気は感じない。姿は常に揺らめいて、その場にいるのにいないような。笑いながら泣いているような、奇妙な感じだった。

いや――違う。間違いなくいる。目と鼻の先に。

炎が燃えている。二つ。見覚えがある。陽気妃の占いの館で。そして、布施が持っていた二つのスマホの画面に映ったあの、睨む両眼。それがここにいる。

画面越しではない、これがオリジナル。生身の眼だ。

プロデューサー。

「新手《あらて》の橋渡しか！」

いやに親しげな声が聞こえた。ここで遭遇するとは——遥は声が出ない。言質を与えたくなかった。本能的な判断だった。不用意なことを言ってしまえば、それが契約となり縛られる。

「お前の命が、細い糸の上に乗っているのが見える」

魔眼がさらに燃えた。真実だと遥は感じる。あたしはとんでもない綱渡りをしている。本当はこんなところにいてはならないのだ。

「俺がちょこん、と突っつけば、お前は終わりだ」

闇の中を、指だか、翼だかが近づいてくるのがぼんやり見えた。

その先端は細いが、遥を突き刺すに充分だ。

「あたしが邪魔だったら、殺せばいいじゃない」

怒りが言わせた。なんの防具も武器もない。それでもぶつけずにいられなかった。

「ただ殺すわけがないだろう。面白くない」

相手は即答した。慣れている。相手をいたぶることに。

遥は、怯えている自分が悔しかった。相手の声には甲高い音色が混じっている。人と鳥が同時に喋っているような、複雑なポリフォニーが耳障りだった。奴は偽装が得意中の得意だ。まさにその通り。間違いないのは、根っからの愉快犯だということ。

「お前は、自分が守られているのに気づいてないんだな」

唾を吐かれるように、気になる台詞が飛んできた。

「守り甲斐のない赤ん坊だ。ほら、行け。自分の世界へ帰れ」

黒い身体を避け、道を空ける。それは親切ではなく侮辱だった。相手にする価値もないと言っている。

「どうせお前は、私に負けて警察を去る運命だ。自分の人生を一生後悔して生きろ」

最悪の予言が耳に入った。呪文として自分の魂に絡まる。刺青のように死ぬまで染みつく。そんな一生は、殺されるより非道い。遥はそう思った。我慢できなかった。だから、感情に任せて手が出た。暴力衝動が自分を乗っ取った。

拳は空を切った。何にも当たらない。

「馬鹿め！」

カカカカカという耳障りな哄笑が鳴り渡る。

「ここで殺し合いはできない。生者の世界ではないのだ。お前は本当に、赤ん坊以下だな！」

更なる屈辱。自分の身体から火が出ている気がした。恥か憎しみか分からない。どうやったら逮捕できるんだ、この卑劣なプロデューサーを？　自らは手を下さず、道に迷った者たちの正気を失わせてだれかを傷つけさせる。なんという外道だ、いますぐ滅ぼしたい。なのに方法が分からない。こいつは闇から生まれ、闇を利用して好き放題に飛び回っている。せっかく、闇の中の灯台のように黄昏署があるのに。あそこの刑事たち全員で駆けずり回っても捕まえられないとは。この魔物は闇に精通しすぎている……どうして、経験不足のあたしが太刀打ちできるというのか。

疑いが自分の力を奪ってゆく。いま自分は、底に穴の開いた器だと遥は感じた。

「この道を逃げ帰れ。どうせお前は、道を見失うがな！」

カカカカカとひときわ大きな哄笑を響かせると、巨大な翼の羽ばたきで遥の身を揺らす。闇の化身は一瞬で中空を駆け上り、消えた。

物の数にもされなかった……地べたに崩れ落ちそうになって、遥はぶるぶると頭を振る。

あんな奴の術中にはまるな。覚えていよう。あの男の臭気を。冷たさを。気配を。再び会った時、奴が奴と分かるだろうか。確信は持てない。全ての仲間を欺いて警察にいるような奴だ。簡単には打ち負かせない。それでも、戻る。そして探し当てることで、あの男の予言に逆らうのだ。この闇を抜けろ。

気持ちを決め、運ぶ足を早めた途端、遥は闇を抜けた。黄昏の町並みも一足飛びに越える。だれもいない派出所も一瞬ですり抜けた。

気づけば遥は、トイレの個室の中にいた。

用を足すでもなく、ただ立っていた。よく見ると間違いなく職場。警視庁の刑事部の女子トイレの中だ。

思わず自分の身体を探り、変化がないか確かめる。何も変わりない。

深呼吸を繰り返し、目を閉じて記憶を確かめた。覚えている。あたしは間違いなく黄昏署まで行った。刑事たちに会い、挙げ句に〝プロデューサー〟にも会った。鳥の姿を持ち、二つの目が爛々《らんらん》と燃えていた。

あたしは無意識にトイレに来て、立ったまま夢を見ただけ？　断じて違う。とてつもなく遠くまで行ってから戻ってきたのだ。何度も自分に言い聞かせて、個室のドアを開けると習慣だけで手を洗い、鏡で自分の顔色を確かめてから廊下に出た。

捜査一課まで戻ってくると、自分の席に着く。

どっと疲れが襲ってきた。

5

この疲労感は、実際に長い距離を歩いたのと変わらない。そう思って時刻を確認しても、短い時間しか経っていなかった。それこそトイレに立ち寄ったぐらいの。信じられない。

係長席を見るが晴山がいなかった。どこへ行ったのだろう。

遥を伴わずに行きたい場所があるのだろう。一人でやりたい捜査がある。いや、あたしを不気味だと思っている。だから連れて行かなかったのだ。仕方ないと思った。晴山さん、いま黄昏署に行ってきました。〝プロデューサー〟にも会いました。そう正直に告げたら、今度こそ口も利いてもらえなくなるんじゃないか。

かと言って、このまま自分の席でへばっているわけにもいかない。警察に紛れ込んでいるあの黒い鳥を探せ。どうやって？　闇雲に一人一人の警察官にあたっても意味がない。しらばっくれられて終わりだ。

遥は机の上に突っ伏してしまう。そうしているうちにも、闇の中で見たことが飛び飛びに甦ってくる。黄昏署の刑事課長。あの年季の入った白髪頭と、渋い声音。**生きたままここに来た刑事は、俺の知る限り、お前が初めてだからな。**

遥は少し顔を上げ、彼がこのシマにいるところを想像した。課長、あたし、帰り着きました。そう報告したら、どんな言葉をかけてくれるだろう。

それにしても人気《ひとけ》がない。自分のシマだけではない。捜査一課全体から気配がしなかった。みんな捜査で出払っているのか。デスク担当まで席を外している？　椅子から少し腰を浮かせて、フロア全体を見渡す。

人を見つけた。7係のシマに向かって歩いてくる。制服についた階級章が地位を表している。理事官だ。遥に気づくと、少し頷いて近づいてきた。

「リストを持ってきました」

いつもの丁寧な声が届く。柳楽宣次は、二つ折りにした紙を広げて遥に差し出した。

そういえば大事な調査を依頼していた。ポリスモードを管理している人間。もしくは、通信に介入できる技術力を持った人間のリストだ。

「技術的に疑わしい人間は、サイバー犯罪対策課で迫っているところでしょう。対して、権限を持つ人間に迫るのは捜一の役割ですね。ご活用いただければ」

淀みない説明のあと、柳楽の表情が変わる。

「どうしたんですか。お化けにでも会ったような顔ですよ」

冗談めかして訊いてきた。

「あ、いや……すみません。ちょっとボーッとして」

「疲れてるんですね。現場で捜査する皆さんは、本当にご苦労様です」

それが皮肉に聞こえない。稀なキャリアだ。

「リストの中身をちょっと説明しますと、通信技術に詳しい捜査官は生安部と、鑑識にも少しいます。もちろん、警察庁の情報通信局にも。中でも、通信に介入する技術が一番高いのは、やはり生安部でしょうね。テクニカルオフィサーが何人もいるから」

その通りだと思った。田久保だけではない、同じレベルの技官が数人いるのだ。あそこに所属していれば高官でなくても通信に介入できる。遥は俄然、リストに注目した。並んでいるいくつもの名前と記憶を照合する。顔が浮かぶ名前もあるが、まったく初めて目にする名前もある。

田久保の緊張した顔を思い出した。いま思えばあれは、身内に容疑者がいる可能性に戦いていたのだ。そばに潜んでいる敵を見つけ出す。そんなことは覚悟なしにはやり通せない。遥も改めて、身が引き締まる思いだった。

そんな遥の様子を見て思うところがあったのか、柳楽が言った。

「もっと私にも、できることがあればいいんですが」

思いやりを感じる。その分、この人には頼れないと遥は思った。キャリアは人脈を大切にしないと階段を上がっていけない。庁内で余計な角を立てると出世にマイナスになる。他のキャリアであれば、ここまで現場の捜査に協力していない。彼の義俠心《ぎきょうしん》が人より強いだけだ。

「ありがとうございます。このリスト、晴山さんと一緒に検討します」

きっちり頭を下げた。このまま帰ってもらうためだ。

すると柳楽は柔らかい笑みで頷き、踵を返した。だが足を止め振り返る。

「根を詰めすぎないでくださいよ。いつでも、私に相談があれば、お気軽に」

そう言って、にこやかなまま去っていく。

遥はまた深く頭を下げた。

目の前の床に、何かが落ちているのを見つけた。

鳥の羽だった。

真っ黒だった。

遥はあわてて顔を上げる。

去っていく二本の足が見えた――裸足だった。鋭い鉤爪が見えた。

遥は息もできず見つめる。

すると、二本の足が止まった。爪がぐるりとこちらを向く。

足の上には、満面の笑みがあった。

「気づいた？」

柳楽宣次は嬉しそうだった。

「あなたなら、気づくと思ってましたよ」

そう言いながら、鉤爪をこちらに向けて戻ってくる。

遥は椅子に縛りつけられたように動けない。異形の足が、目の前まで来た。

だが異常なのは足だけで、膝から上はキャリア警察官そのものだった。上品な笑みも変わらない。いや――背中の方にちらりと、黒いものが見えた。翼。

「向こう側で、あんなに近くで喋ってしまったのは、やはり失態でしたね。私の匂いを覚えましたか？」

その両の瞳に一瞬、炎が閃く。闇の中で見たあの魔眼。

遥は悟った。この男は、気づかれに来たのだと。わざと自分をひけらかした。異常な性格が成せる業だ。いじめたい相手を見つけたらいじめずにいられない。きっと子供の頃からそうだ。遥は確信した。この男には執拗なイジメの前科がある。相手を自殺に追い込むぐらいでは、心が少しも痛まない。

「あなた――何者なんですか」

声が震えてしまう。

「一介の理事官ですよ！」

嬉々として言った。なんと爽やかな笑みだ。眩暈がする。偽装。

この顔に、真っ黒な鳥の嘴を見出す人はいない。あたしもそうだった。

「私はあなたたちの上役です。それ以上でもそれ以下でもない」

「いや。それ以外の何かです。もっと……」

「じゃあ、魔術師でいいですよ」

柳楽宣次はどこまでも楽しそうだった。

「今までの人生で、私のことをそう面罵する者もいました。告白するとね。実際私は、魔術が使えるし。あっはっは。いろんな人間が、私が命令した通りに動いてくれますからね。で、だれも見破ってくれない」

そこで柳楽は、大見得を切るように頭を回し、ぐいと顔を近づけてきた。

「ところがあなたは、たったいま、私に気づいた。あっち側に行ったばかりだからですかな。向こうの目や鼻を持って帰ってきた。素晴らしい！　なんだか愉快ですよ。橋渡しさん」

理事官の舌がひらひら舞っている。そこだけ別の生き物のように。

「魯鈍《ろどん》な連中を操るのにも飽きてきたところです。私は、私の言いなりに動いてくれる人間が好きだなんて思わないで欲しい。むしろ軽蔑しています！　家畜みたいにつまらない奴らだ。あなたとか、晴山さんのような刑事が好きなんです。思い通りにならないから。この世でいちばん好きです」

正気とは思えない演説に、遥は混ぜっ返すことさえできなかった。新奇な呪いが耳の穴から注ぎ込まれる。脳に達すると危ない。この声、聞けば聞くほど危険だ。

「あなたたちが活き活きしていると、私も嬉しい。心からね。だから、あなたたちを殺すつもりなんかないし……死ぬのは、有象無象ばかりですよ……あなたたちに、私を止めて欲しいのです。止められるものならね」

「止めます」

遥は急いで言った。目の前の男を否定しなくてはならなかった。どうにかして。

「こんな非道いこと、いますぐ止めてください。いったい、何のために」

「何のために。知りたいですよね、当然」

柳楽は腕を組んで背筋を伸ばした。

その姿のどこにも黒鳥や炎は重ならない。信頼できる理事官にしか見えない。

「考えてみてください？　なぜ私が、警察官たちを操ったか」

「…………」

返す言葉などなかった。声を出せない。呼吸さえ難しいのだ。

「うーん。鈍いですなあ。まだまだですね、警察官として」

にっこり笑うその顔は魅力的だった。だからこそ、死ぬほど恐ろしかった。

「橋渡しとしては、優秀なのに。あなたのそれは、血でしょうね。巫女《みこ》の家系なんだ。私とそう変わらない」

聞き捨てならない台詞だ。だが動けない。遥は強烈な眩暈に襲われ、座ったまま倒れこみそうになった。黄昏署の課長が懐かしい……あの巨人でさえ懐かしい。道案内の巡査の顔など忘れかけている。ぜんぶあっち側の人だからここには来られない。私を助けられない。あたしの負けだ——

とん、と背中を叩かれた。

途端に視界が開け、相手の姿がくっきり見えた。

6

「気づかなかったですか?」

目の前からはひたすらに外面の良さが押し寄せてくる。

「あなたの力を、引き出させるのが、私の目的だった」

黒い翼の先端で胸を刺された気がした。また眩暈が襲う。新しい呪いだ、ああ、耳を塞ぎたい——

「面白い子が、捜一に入ってきたのに気づいたのは、あの誘拐事件のときです。あなたは、なにもないところから解決に導きましたね？　おかしいと思った」

初めて黄昏派出所に行き、道案内役の巡査に導いてもらったのがあの時だ。それをこの理事官に注目されていたとは。

「三田建設の社長のところに一人で行って、頭をかち割られそうになりながら、結局あなたは真相を暴き出した。その脈絡のなさに、注目しないわけがありません。予想通りだった。あなたは生まれながらの橋渡しだ！　すっかり嬉しくなってしまって。そこから、手間暇かけて準備しました」

狂言誘拐事件は、秋。いまは冬だ。

まさか……あたし一人のために、陽気妃と信者。謎解き殺人のグループ。両方を用意していたというのか。ぜんぶ、この男が裏で糸を引いて？

「あなたと遊びたいと思った」

胸に空いた穴を寒風が吹き抜けていく。遊びたいだと――

「晴山さんでもよかったんだけど、彼にはね、あっち側に行く力は全くない。普通の人だ。あなたのほうがよほど面白いのです。凄いですね！　黄昏署とうまく連携して、磯村虹子も、布施さんも落としちゃった。ますます嬉しくなっちゃいました。だからつい、あっち側でも話しかけてしまった。私のこともこうやって嗅ぎ分けた。ほんとに優秀だ」

「なんなのよ、あんた」

気づくと吐き捨てていた。嫌悪感のおかげだった。

「許さないから……絶対逮捕する」

「おお！　現行犯ですか？　どうぞどうぞ」

柳楽は両手を合わせて差し出してきた。

悪魔だと確信した。いままで会ったどんな犯罪者も、この男に比べたら子供だ。どうして気づかなかったのだろう？　これほど邪悪な人間なのに。

謙虚で丁寧で、現場に理解のある警察官僚と信じ込んでいた。悪魔は人を騙すのがうまいものだろうが、それにしても……勘が人より鋭い方だと密かに自負してきた。自信は木っ端微塵になった。人は、魂から出る異常な臭いを隠せるものなのか？　どれほどの猫を被れば可能なのか。

「逮捕しないのですか？」

同じ姿勢をしているのに飽きたのか、柳楽は手を引っ込めた。

「あたしは、あなたの言うことは信じない」

かろうじてジャブを出す。猫の手ほどの力もないとしても。

「このまま警視庁にいるつもり？　あたしに知られても？」

「だってあなた、証明のしようがないでしょう」

どこまでも人当たりの良い笑み。

「私がぜんぶの黒幕だなんて。証拠がないですからね。だからいま、私を現行犯逮捕できないんでしょう」

ぐっと詰まる。悔しい。だから言った。

「晴山さんに洗いざらい話します。で、あなたを逮捕する方法を考える」

「頑張ってください！　無理だと思いますけど」

柳楽は腰に手をあて胸を張ってみせた。おどけている。

「柳楽さんが黒幕だとどうして分かった？　と訊かれたら、なんと答えるんですか。黒い羽が落ちてたからって言うんですか？　私の翼や爪が、晴山さんに見えるとでも？」

なんと楽しそうなのか。この男の正体が鳥のわけがないし、それが証拠になると思ったわけではない。ある精神的な力を持った者だけが黄昏の町に出入りできる。そこは、望みの姿を選べる場所でもある。黄昏署の刑事も巨人の姿を選んだ。刑事課長はまさに〝刑事課長〟そのものになることを選んだからあんな姿だったのだと、今なら分かる。

晴山に説明する方法がなかった。柳楽の指摘は、一から百まで正しい。

「でも、私を止める方法が一つだけありますよ」

悪魔の呪文は途切れることがない。

「私を有罪にできないのなら、簡単です。私を殺せばいい」

頭がクラクラした。そうだそれしかない、と一瞬でも思った自分が恐ろしい。

「それこそ、最高の展開だ！　無垢な女刑事が、悪い理事官を殺す。美しいストーリーだ……ぜひ見てみたい」

「悪魔の罠にはかからない」

必死の思いで吐き捨てた。

「小野瀬さん、新しい仇名をありがとうございます。悪魔ね。外聞は悪いが、私はそれを受け入れます」

遥はたまらず椅子から立ち上がった。怖気が背筋を駆け上ったせいだ、蛇に巻きつかれても、サソリの群れに座ってもここまでの嫌悪感は覚えない。これ以上烏の王にガーガー鳴かれると正気を保てない。この鳥男はブラックホールだ。昨日よりも今日、今日よりも明日黒くなる。信じられないほど黒いのにさらに黒くなってゆく。助けを求めて刑事部のフロア中を見渡すが人っ子一人いない。

「なぜ……」

出払っているのだろう。晴山も土師も酒匂もみんないない。捜査一課長の小佐野さえいない。捜一だけではない、他の課にも人がいなかった。見渡す限り無人の刑事部。こんな有様は深夜でさえありえない。

「あなたが」

なにかした。そう決めつける眼差しで見た。柳楽はとぼけて首を傾げる。

「さあ。私が黒魔術で、全員外回りに行かせたのだったかなあ?」

フロア中がこの男の支配下にある。それか、あたしが異常な夢に囚われている。だめだ……と挫けそうになる。あたしに魔術は使えない。この口から出る言葉があるだけだ。

「そもそも刑事部には、呪いが溜まっているから。魔術を使うのは簡単なんですよ」

柳楽宣次は廊下の方を指差した。その先にあるものは。

「知ってるでしょう？　ここのトイレで刑事が自殺したのを。ついこの間の話ですよ」

遥が配属される少し前のことだ。その男子トイレのすぐ隣のトイレを使っていること
を、普段は考えないようにしている。

廊下の方からガタリと音がした。

まさにトイレのドアが開く音に聞こえた。

「おっ？　だれか出てきたぞ」

柳楽が面白そうに言った。この男の差し金なのは明らか。今度はどんな醜いまやかし
が行われるのか。

「小野瀬さん？　ここに一人で寂しいと言うのなら、お仲間を呼びましょう」

総毛立つのを抑えられない。

「もう、この世にはいない仲間ですが」

この男は、死者をも召喚できる。この世に。よりによって警視庁のど真ん中に。

嫌だ……唾を飲み込むが唾がない。乾ききった喉が裂けるように痛い。だれが出てこ
ようと見たくないのに目を離せない。

廊下の向こうから、男が歩いてくる。

見覚えのある男だった。

7

「あれ？」

聞こえたのは、呆気にとられたような声。

「なんだ……？」

発したのは柳楽。こんな間の抜けた声を耳にしたのは初めてだった。遥が見ると、呆然としている。その気持ちが分かる、と思った。自分の口からもわっ、わっという、子供のような声が出て止まらないのだ。

トイレから出てきたのは制服警官だった。若い。遥よりも。

「あ、足ケ瀬《あしがせ》巡査か？」

柳楽は、開いた口が塞がらない様子だった。

「どうして……こっちに出てこられる？」

「わたくしのことより、あなたのことです」

その声は間違いなく、道案内の巡査だった。

自殺した刑事が出てくるものとばかり思っていた。魔術によって、呪われた過去が呼び覚まされたのだと。だが代わりに現れたのは、若く純粋な目をした青年。黄昏派出所のお巡りさんだ。足ヶ瀬、という名前も初めて知ることができた。

「あなたの詐術も、そろそろ潮時だということです」

しかも足ヶ瀬巡査は怒っていた。

「黄昏署の我慢も限界だ」

「……あんなロートルどもに何ができる」

いきなり毒を吐いた。柳楽は、纏ってきた偽りの仮面を外した。

「私が何度、黄昏署の上を飛んだって、捕まえに来ないではないか。わざわざ行ってやっているのに」

「いつまで生意気を言っている気ですか。容赦しませんよ」

平の巡査が理事官に言う台詞ではないが、若者に漲っているのは圧倒的な品格だった。

遥は歓びを覚え、それから混乱した。ここは警視庁？　それとも黄昏の町？

「あなたの罪の証拠がないというのは、嘘ですね」

巡査の指摘に、柳楽の顔が強張った。

「痕跡を残さない罪というものは、ありません」

「証拠？」

遥はあわてて聞かずにいられなかった。

「この人が、ぜんぶの黒幕だっていう証拠があるの？」

すると巡査は遥を見つめた。

「遥さん。布施さんです」

その言葉は、呪文を解く福音のように響いた。

「布施さんは、この男からの指示の声を録音していたんです。彼は本物の刑事だ。黙って言いなりになっていたわけではない」

応じようとした遥を遮る声が響く。

「馬鹿な！　私は直接、布施に指示したことがない。声が残っているはずがない！」

「そうですか？」

巡査は落ち着き払っている。

「一度会っているはずです。あなたは、顔を隠していた」

「声を出していない。私であるという証拠がない」

「なるほど。いまみたいに、声を張り上げてはいなかったと」

名探偵みたいな口調だ、と遥は思った。頬が緩んでいる。いつの間にかあたしは笑っている。

「まさか」

と柳楽が言った。その無防備な表情に、遥は爆笑の衝動に駆られた。

「いま、あなたが喋ったことはぜんぶ、聞こえていますよ。晴山さんに」

「は、　晴山に？」

「見てください」

巡査が指差した方向にあるもの。それは晴山のデスクだった。遥も凝視する。

卓上の電話の受話器が、外れている。

「貴様……いつの間に」

黒い烏がぽかんと嘴を開けている。

「あいつに、電話をかけていたか」

烏よりも酷い声だ。耳障りな音を、遥は意識から閉め出す。晴山の精神状態が気になる。自分の卓上電話から自分のポリスモードにかかってきた気分は？　そこから聞こえてくる内容をどう思った。自分の上司と部下の、常軌を逸したやり取りを？

「晴山さんは異常に気づいて、録音しています。急いでこっちに戻ってくる最中です」

柳楽は固まっている。完全に裏をかかれたことが信じられないようだ。

「いくら人払いをかけたって、真実に気づいた晴山さんならすぐここに戻ってきます。あの人の強い意志は、あなたの魔術になんか負けません」

「道案内のこわっぱが！」

柳楽はもはや品のかけらもなくしていた。巡査がやってきた廊下と、巡査を何度も見比べる。

「いつのまに……どうやって……死人のくせに」

「魔術を使えるのは、あなただけではないということです」

巡査は律儀に説明した。

「なんだと？」

この邪悪な男と戸惑いを共有している、と遥は思った。道案内くん、あなたは黄昏の町の住人。なのにここにいる。実在感を持って。自分だけではない。柳楽の目にも見えている。

「貴様……本物の癒やし人だったか」

柳楽の言う意味が分からなかった。電話口の向こうに晴山がいるならば、折れるほど首を傾げ、目を回しているだろう。遥は呼びかけたい。早く来てくれと。だができない。余計なことをすると巡査がかき消えてしまう気がした。

「あなたは、堕ちた。自ら望んで」

若者の声はどこまでも威厳に溢れていた。

「まともな警察官僚としての人生も選べたのに。魔を招き入れた」

そう言いながら、一歩一歩柳楽に近づいてゆく。

いつのまにかその手に握られているもの。遥は、食い入るように見た。

柳楽の黒い嘴《くちばし》がひん曲がる。

「……その手錠は、いささか厄介だな」

柳楽は後退った。さっきまでの余裕は消し飛んでいる。

「私を腑抜けにする気か！」

床の上で、鳥の脚がバタバタしているのが見えた。これをふんづけたらどうなるんだろうと遥は思い、いつでも足を出せるように身構えた。

「足ヶ瀬。私は、引き剝がされはしないぞ！」

遥は、柳楽が恐れていることを知った。引き剝がす。この男の魂から、なにかを。

「貴様らの策だったのか？　この小娘を、黄昏署に入れたのは……ここまで道を引くためだな！　小野瀬の作った道を辿って、足ヶ瀬。お前はここに出張って来た。とんだ策士だ！」

柳楽宣次が魔そのものなのか、魔に取り憑かれているだけか。どんなに目を凝らしても、遥の目からは境目が分からなかった。もとはどうだったとしても、いまは一体化して見分けがつかない。

「遥さん。何してるんですか」

いきなり叱責された。派出所の巡査はいま、刑事課長より偉かった。

「手錠を出してください。一緒に確保するんです。挟み撃ちです」

「えっ？」

キョロキョロしてしまう。デスクの引き出しに入れていることを思い出して、あわてて鎖に繋がれた金属の輪を取り出したが、顔を上げると柳楽はすでに手を隠していた。代わりに現れたのは黒い翼。捜査一課を覆い隠さんばかりに長く伸びた。それがバサリ、バサリと羽ばたいて嫌な風を送ってくる。異臭をたっぷり含んだ突風。目を開けているのも難しい。

こけおどし。黒魔術。分かっていても近づけなかった。

巡査は違った。ぐっと踏み込んで風の隙間に潜り込むと、手錠を持った手を一閃させた。

二つの輪が発光し、獲物を仕留めたことを知らせた。羽ばたきはたちまち萎《しぼ》み、真っ黒な翼はみすぼらしい干物と化した。げっそりと頬のこけた烏の王が、網にかかったかのように動かなくなる。

同時に、ばたりと倒れこむ音が聞こえた。柳楽は床に突っ伏してしまった。白目を剝いてピクリとも動かない。

遥は目を上げるが、そこにはもう、何もなかった。

制服姿の巡査も、真っ黒な鳥も跡形もない。

遥はパニックに陥りかけたが、自分が持っている金属の感触が、頭を冷ましてくれた。床で完全に気を失っている柳楽を後ろ手にし、しっかり手錠をかける。

それから自分も、床にへたり込んだ。

いつの間にか、刑事部の空気が変わっていることに気づく。人の気配が押し寄せてきた。

「小野瀬！」

真っ先に戻ってきたのは晴山だった。一緒に吹きつけてくる風には、日常の匂いが混じっていた。視界がたちまち馴染みの色を取り戻す。そうなって初めて気づいたのだった。刑事部のフロア全体に、ごくわずかに、橙色が混じり込んでいたことに。

黄昏が吹き飛んだいま、ようやく、自分の居場所も確定した気がした。遥の身内に、生きている実感がみるみる湧いてくる。

今の今まで、自分は死と近い場所にいた。あの黒い鳥の化け物が、我が物顔で持ち込んだ力場に囚われていたのだ。全てがあの魔物の思いどおりになるはずだった。だが、遥は持ちこたえた。

一人では無理だった。床から見上げると、晴山はポリスモードをしまいながら、床に伸びた柳楽を凝然と見つめていた。しっかり嵌まっている手錠から目を離さない。

「いまここに、直助《なおすけ》がいなかったか」

やがて晴山は、遥を見て言った。

直助。それが、あの巡査の下の名前か。

嬉しくなった。晴山には思ったよりずっと見えていると思った。真実が。

「……見えたんですか？」

遥は控えめに訊いた。

「足ヶ瀬、直助。それが、彼の名前ですか」

「そうだ。渋谷の交番巡査だった」

晴山は瞬きを繰り返し、熱に浮かされたように喋る。

「あいつがいなかったら、俺たちは、〝神〟を倒せなかった」

「神？」

「……とにかく、あいつのおかげで、俺は生きてる。あいつは、身体を張って俺たちを助けてくれたんだ」

遥は頷いてみせた。少しも不思議ではなかった。晴山を羨ましいとさえ思った。晴山と足ヶ瀬直助は、肩を並べて戦った同志なのだ。

「晴山さん。その、直助くんのこと。教えてください」

遥が頼むと、晴山はまばたきを繰り返してから、ゆっくり語り出した。

「渋谷の交番巡査だった。真面目で、親切で、街のあぶれ者たちにも好かれてた。ただ、不思議な男だった。殺されても死なない」

「殺されても死なない？」

「ああ。あいつは何度も撃たれてるんだ。なのにいつも無事。たぶん、自分に不思議な力があることを知ってたんだろう。俺はあの頃は、理解できなかった。というか、信じられなかった。ずいぶん経ってからだよ。あいつがいなくなってから、あいつは本当に、とんでもない力を持ってたんじゃないか……そう思うようになった」

遥は固唾を呑んで聞き入る。この先輩が自分の目で見、感じたことをまるごと呑み込みたかった。

「あいつもたぶん、自分の力を、というか、自分の役割というか、運命というか……そういうものに気づいて、受け入れていったんだと思う。最後には、自分の力を使って敵を追い詰めた。敵っつうのは……警察閥の親玉だ。裏金を支配して、裏金に関わってる警察官全員を牛耳ってた。ところが、だれにも正体が分からない。それが〝神〟と呼ばれた男だ。それをあいつは、一人で追い詰めた。で、相手と刺し違えた」

「刺し違えた……？」

自分が消し飛ばされそうだと遥は思った。想像をはるかに超える仕事を、あの巡査は、たった一人でこなしたのだ。

「うん。俺はそう思ってる」

なんと力強い頷き。晴山は、仲間を心から悼んでいた。

「公式には失踪扱いだが、なんとなく、分かったんだ。直助は、自分の命を使って敵を倒したんだと」

「そんな……」

遥は、床に縛り付けられたかのように感じた。立つ術を思い出せない。

「あいつは、死んだ。生きているはずがない。そう思い切れたのは、実は最近だ。だけどあいつは、もしかすると……まだ」

そこで晴山は言葉を止めた。

言語を絶したところに真実がある。そう思い知ったかのように。

「……晴山さん。たぶん、晴山さんの言う通りです」

心が感じているそのままを、遥は口にした。真実を告げたかった。間違いや偽りは口に出したくない。そう祈りながら、遥は言葉を紡いだ。

「残念だけれど、彼はもう、この世の人ではない。それは確かです。でも、道案内……特別な存在です。いまもまだ、自分の仕事をしようとしてる」

遥が口にした内容を正しく消化し、自分のものにするために、晴山はずいぶん時間を使った。

やがて破顔した。

「直助ならそうだろう。あいつらしいよ」

その笑みは、この上なく晴れやかだった。

「自分より他人《ひと》。そういうやつだった……そうか。あいつ、まだ頑張ってるんだな。凄いやつだ」

情感の籠もったその言葉に、遥の涙腺が緩む。

晴山は正しい。どこにいようと、だれかを助けようとする。ただの道案内なんかじゃない。もっと凄いなにかだ。

たまたまあたしが、彼の声を聞けた。だから橋渡しを務められた。でもそれは小さな幸運に過ぎない。あたしなんかいなくても、彼はいつもだれかを助けている。夢に現れたり、悪者に手錠をかけたりする。だれに頼まれなくても。黄昏署の刑事たちと力を合わせて。今日は、こっち側の刑事との橋渡しを務めてくれた。ものすごく立派な仕事をした。最後には、自ら〝プロデューサー〟を確保して連れ帰った。大金星だ。

遥は痺れたまま床に座っていた。どうしても背筋に力が入らない。そうしているうちに、別のシマの刑事たちも集まってきた。雨後の筍《たけのこ》のように湧いて出ては、7係まで来て床を覗き込む。誰も彼もが目をまるくした。このフロアの責任者の一人が気を失って転がっているのだ。後ろ手に手錠。ありえない事態だ。

すぐにでも説明しなくてはならないのに、遥が伝えたいのは交番巡査のことだった。仲間だった彼は、今も仲間だ。そう伝えてみんなを喜ばせたい。そんなことは無理だと知りながら。

びくり、と床の柳楽が一度痙攣した。すぐ静かになる。

結

前代未聞の、警視庁内での警察官僚逮捕から一ヶ月が経過した。

柳楽宣次はまだ入院している。仮病ではなさそうだった。意識障害と記憶障害が重く、快復する気配がないという。

いったい彼の身体はどういう状態か。身体以上に、心がどういう状態なのか知りたかったが、一度病室を訪ねた時、柳楽は目が虚ろで会話が成り立たなかった。

いかい、剝がされたのだと思った。

いずれ全ての記憶が戻るのだろうか。魔を招き入れ、恐ろしい罪を重ねたことを自覚するか。分からない。足ヶ瀬巡査に光る手錠をかけられた方、〝プロデューサー〟の柳楽は、きっと黄昏署に連れて行かれた。だとしたら警視庁に残り、いま入院している彼はだれなのか。考えるほどに脳がひっくり返りそうになるが、考えすぎる必要はない気がした。足ヶ瀬直助の勇姿を思い出せば、間違いのない仕事をしたに決まっているからだ。

対してあたしの確保のやり方はどうだ。へっぴり腰だった。気を失った男の手首にやっと手錠をかけただけだ。遥は思わず頰をゆるめ、自らが塡めた手錠の冷たさを思い出す。

刑事としての仕事をさせてもらった。黄昏署のお膳立てのおかげで。彼らも、喜んでくれているだろうか。

「俺も入院したいくらいだ。頭がどうにかなりそうだ」

一緒に病院に行き、柳楽の状態を見て途方に暮れた晴山はそう繰り返した。今日も自分のシマで同じ言い回しをする。遥はこう受けた。

「これで良かったんだと思います」

せめて自分だけでも、晴山と思いを分かちあいたい。

「直助くんが自分の仕事をしたのは、確かですから」

「……そうか」

晴山は吹っ切れたように頭を振る。遥に対する信頼が増していることが嬉しかった。

「またあいつに助けられたのか、俺たちは。格好悪いな」

その笑みは明るい。どこか突き抜けている。

「小野瀬。伝えられるんなら、あいつに伝えてくれないか。勲章をやるって。お前は警視総監賞もんだって」

「……あれ以来、会っていません」

「そうなのか？」

「会えなくなってしまったみたいです」

遥は淋しさを顔に出した。

なのだ。夜の夢でも、現実でも、姿を見ていない。縁が切れてしまったかのように。

今が平和だということの証明かもしれない。ならば、嘆くべきではないとも思う。

「また必要な時に、会えるんじゃないか?」

慰めようとしてくれていると分かって、遥は思わず笑いかけた。何度も確かめていることを、また確かめてしまう。

「晴山さんこそ。姿を見たんでしょう?」

この問いに、晴山はその時々で違う答え方をする。黙ってしまうことも多い。

「いや……見えたような気がしたけど、夢のような気もする」

今は、この答えだった。晴山の気持ちはよく分かった。遥でさえ同じ気持ちになりつつある。

「でも、柳楽さんを有罪にはできる」

遥が確かめると、晴山は繰り返し頷いた。

「お前と柳楽さんの会話は、とっさに録音したが、直助の声は入っていなかった」

そこで絶句する。お互いの体験が、夢かも知れないと思わされる事実の一つだった。

「直助が言っていた、とお前が言う、布施さんの録音データも確認できていない。柳楽さんの声が残ってるっていうあれだ。いまは相当、布施さんの状態が悪いからな……面会も憚られる。だけど、陽気妃のスマホに残っていた着信履歴とメールは、決め手になる」

「発信元が柳楽さんだと特定できたんですね」

遥は深い満足感とともに確認する。

「ああ。柳楽さんは、田久保をなめてた。あいつは裏技まで使って頑張ってくれたよ。通信の暗号もぜんぶ破ったし、柳楽さんが迂回に使ってたアンダーグラウンドの通信ポイントも残らず洗い出した。全ての大元が、柳楽さんの端末だと証明できる。入院してようが関係ない。逮捕状を取って送検する」

自分の課を疑われたくない田久保の必死さのおかげで、物証を押さえることができたのだ。黒い鳥が使う魔術は万能ではなかった。そして晴山旭は、理事官相手にも手加減するような男ではなかった。

遥はしみじみ思う。キャリアの柳楽は、ノンキャリアを操ることに酔っていた。だが肥大化した特権意識が、刑事たち一人ひとりの能力と執念を見くびらせたのだ。遥の意識が黄昏の町にすっ飛んでいた間に、晴山も土師育子も足で捜査していた。神頼みに走った遥とは違う。田久保にハッパを掛けつつ、地道に物証を積み上げていた。ついには、女子プロゴルファーを襲った所轄署員の二人の確保に成功した。これぞ刑事。これぞ捜一の精鋭の仕事だ。部下になって何度目の痛感だろう。他の謎解き殺人の実行犯も、確保まであとわずかのところまで来ている。

「でも、柳楽さんは自白しないかもしれません」

遥はあえて指摘した。晴山の顔が曇る。

「それどころか、なにも覚えていないかも知れませんよ」

「……それでもいい。物証は動かない。それに」

晴山は遥の目を真っ直ぐに見た。

「覚えてないなんてことはありえない。あの人には、間違いなく責任がある。必ず責任をとらせる」

遥は強く頷いた。その通りだ。しらばっくれたら、柳楽をどやしつけてやると決めていた。

「小野瀬」

晴山はふいに気弱な表情になって、椅子の背にもたれた。

「あの人は、なにかに取り憑かれただけだと思うか？」

「いいえ」

遥は強く首を振った。

「あの人はもともと、悪い考えを持っていた。だから、悪い力がやって来て、加勢したんだと思います」

うん、と晴山は頷く。それから、興味深そうに部下の顔を覗き込んできた。

「お前は、あの世でそれに会ったっていうんだな」

「……あの世じゃありません。たぶん」

「そうなのか。俺にはよく分からないが」

晴山は、妙に気楽な様子になって辺りを見回す。

「直助はまだ、この辺にいるんじゃないのか」

「気配は感じません。ほんとに、もう、会えないかも」

遥もあえて軽い調子で返した。

「柳楽さんっていう、際立った危機があったから、出会えた。そんな気もするんです」

「俺からしたら、また来てくれたか、って感じもあるんだよな。俺が困ってると助けてくれる」

瞳が悪戯っぽく輝いている。わざと自慢してみせたのが分かった。

「おい。もしかすると、警視庁は、たった一人の交番巡査に支えられてる……笑えると思わないか？」

遥は曖昧な笑みを返すしかできない。晴山は気にしなかった。

「警視庁は受難続きだ。呪われてる。ってことは、直助も、次の出番を待ってるんじゃないか。忙しいな？　世話かけるな、あいつに」

遥はただ笑顔でいた。冗談に真剣に答えることはない。

「なんにしても……精一杯やってりゃ、報われる。仲間が助けてくれる。そう信じるしかないな。俺たち一人一人にできることなんか、限られてる」

遠くを見る目になった。遥は黙って見守る。

「岩沢さんに連絡しないとな……いや。どうしようか」

「岩沢さん？」

どこかで聞き覚えのある名前に遥は首を傾げる。晴山は、遠くを見たまま言った。

「直助と、いちばん仲がよかった刑事だ。渋谷ディライトの爆発のとき、真っ先にディライトに駆けつけたのが、岩沢さんだった。直助がいなくなったことを知って、とんでもなく落ち込んでた。そのあと、岩沢さんは渋谷南署を辞めた」

いろんなことがあった。いろんな人の思いが交錯し溢れた。全ては、遥が本庁に配属になる前の話だ。

渋谷の人気スポット、ディライト内の劇場の爆発のことは遥ももちろん覚えている。当時は大ニュースだった。警察関係者の被害も大きかった。だがあのとき姿を消したのが、あの道案内の巡査だったとは。

本人に訊きたい。名前も分かったのだ。足ヶ瀬直助。もう〝道案内くん〟じゃない。でも、もしまた会えて質問できたとしても、彼は余計なことは答えないだろうなあ。

そう思って遥は笑う。特に自分に関わることは、照れて答えないに決まっていた。

また会える。ふいにそんな気がした。

いや……よく考えたら、いつか必ず会えるじゃないか。そう思い、穏やかな思いに満たされる。いずれ自分も死ぬのだから。あの黄昏の町に、必ず行く。あそこはこの世と、あの世の間にある場所だ。だからまた黄昏署に行ける。できることなら、あの警察署の刑事たちと肩を並べて仕事をしてみたい。

それで、この世のだれかを救うことができるなら。

「おい、小野瀬。一緒に行ってくれ」

晴山が身を乗り出してくる。

「え？　どこへですか？」

「岩沢さんのところだ。俺一人じゃ説明できない。直助が刑事部のトイレから出てきた、なんてな。イカれたんだと思って追い返されちまう」

ぽん、と背中を押された感触。

「いいですけど……あたしも説明できませんよ」

「分かってる。お前に会わせたいんだよ。あんな立派な刑事はいなかったから。やめちまったのが本当に残念だ」

「直助くんと仲がよかったんですよね。だったら会ってみたいです。彼が生きていた時の話を聞いてみたい」

「うん。行こう。連絡してみる」

卓上電話を取り上げる晴山を見ながら、遥は気づく。

自分の目から涙が溢れてくる。

遥の様子に気づいた晴山が、受話器を首に挟んだまま目を瞠る。

そうだったのか……今頃気づいた。遅い。あたしは、なんて鈍いんだろう。時折、背中に触れてきた手。励ますように、落ち着かせるように添えられた温もり。なぜ今まで分からなかったのだろう。大して意識もしなかったのだろう。

声を聞いていないから。姿も見ていないから。

それでも、分かった。今やっと。

自分を守ってくれた。闇の中でもずっとそばにいてくれた。一緒に道を切り開いてくれた。あたしにとっての道案内は、一人じゃなかったんだ。

「小野瀬？　大丈夫か？」

晴山が心配げに顔を寄せてくる。遥はどうにか頷いた。

その拍子に、両眼から床にぽたぽたとこぼれ落ちる。

おばあちゃん。そう、声には出せなかった。

ただとめどなく涙が流れる。

解説

池上冬樹（文芸評論家）

いささか一方的な思い込みといわれるかもしれないが、柳田國男の『遠野物語』や宮澤賢治が身近にあるからか、岩手県出身のみならず東北出身者たちはわりと身の周りにおきる怪異に対して恐怖よりも親しみを覚える傾向にあるのではないだろうか。この世のものではないものを通して知らない世界をひもといたり、導かれたりすることに抵抗がない。むしろそういうことがあるものだと思っている節があるし、好んでそういう話をしたがるところがある。もちろんそういうものを忌み嫌う人もたくさんいるが、でも、幽霊の話をしても怖い怖いと逃げずに、どういうものでした？　と身を乗り出して聞きたがる傾向があるような気がする。すくなくとも山形出身の僕はそうだし、とても説明しがたい経験も何回かあり、この世には目には見えないものが確実に存在することを教えられたことがある。

というと、あっち系の人とかいわれてしまうのだが、東日本大震災のあとに生まれた震災文学の多くが、亡くなった霊魂との出会いや触れ合いであることを思い出してほしい。亡くなった肉親や津波の犠牲者の存在をたしかに感じるという、目に見えない霊性の世界に迫ったノンフィクション『呼び覚まされる霊性の震災学』（金菱清、金菱清ゼミナール著・新曜社）という名著もある。

おそらく岩手出身の作家・沢村鐵も、そんな一人ではないかと勝手に考えているのだが、本書『謎掛鬼　警視庁捜査一課・小野瀬遥の黄昏事件簿』を読む前に、海外ミステリを牽引している北欧ミステリのひとつ、ヨルン・リーエル・ホルストの『警部ヴィスティング　悪意』（小学館文庫）を読んだからか、本書を読むまえそんなことをころっと忘れていた。

ホルストの作品はノルウェーを舞台にした警部ヴィスティング・シリーズもので、二人の女性を殺した男が第三の殺人を告白して、死体を遺棄した場所にヴィスティングたちとともに赴くものの、男は一瞬の隙をついて逃亡してしまい、ヴィスティングたちの必死の捜査が始まるというものである。ひじょうにテンポよく、次々に事件が起きて、過去の闇が見えてきて、いっそう謎が深まっていく。異常な殺人鬼の相棒は誰なのかをめぐる推理もいいし、真犯人へと到達するまでの畳みかけるアクションと推理が効果的で、ひねりもあって終盤は実に愉しめる。

だから、沢村鐵の新作にふれたとき、北欧の警察小説とは異なるリアリズムを頭にいれて読んだのだが、何かテイストが違う。冒頭すぐに警察ＯＢや現役の刑事が殺される事件などが起きて警察内部が混乱している話がでてくるし、遥の上司の名前が晴山旭警部補ということで、本書はクラン・シリーズのある種のスピンオフなのだろうと思ったのだが、まったく別のテイストとなっていくのである。警察小説の形をかりて、まさかこんなに強くファンタジーを編み出すとは思わなかった。だが、考えるまでもなく、これも沢村鐵の独特の世界のひとつであり、面白く読んだ。

物語の主人公は、警視庁捜査一課殺人犯捜査7係の小野瀬遥巡査。二十五歳。まだ捜査一課に来て一年もたっていない。そんな遥が、ある誘拐事件捜査にかりだされるのが、第一話「道案内」である。

誘拐されたのは、インド出身のIT通信会社社長シャンカール氏の一人娘で、小学校の帰りに誘拐され、身代金を要求する電話がかかってきた。要求金額は五億円。防犯カメラにより、誘拐現場から走り去った車を特定して、持ち主もわかった。倒産寸前の小さな建設会社で、二人しかいない従業員が乗り回しているヴァンだった。だが、警察とのカーチェイスの後、ヴァンは山道から転落して、助手席の若い従業員は即死、運転していた中年の従業員は意識不明の重傷。共犯者の影はなく、二人が居場所を言わないかぎり、子供は助けられないが、それもままならない。とりかえしのつかない失態だった。

さあ、ここからどう事件を解決へと導くのかが読者の愉しみになるのだけれど、リアリズムとは異なる予想外のヴィジョン（遥がもつ特殊な能力）を提示して、解決へと導いていくのである。

第二話「癒し人　殴り人」では、都内の各地で、歩いているところを後ろから狙われる連続闇討ち事件を扱い、第三話「謎掛鬼」では、被害者の名前が事前に謎解き問題として提示され、三日以内に殺害されるケースが三回続いている段階から始まり、物語はヒートアップして、第四話「黒羽根に光輪」では引き続き第三話の無差別連続殺人の黒幕へと至るまでが描かれる。

短篇連作の形をかりた長篇で、サイド・ストーリーが繋がっていく。ミステリとしてはばらばらな話が繋がる第二話もいいが、やはり暗号めいた謎解き問題を次々に提示して殺していく〝#謎解きジャスティス〟をめぐる第三話が大胆で独創的で面白い。警察小説なのに本格ミステリ的な味わいがあり、やがて犯人探しへと進む刑事たちの思惑を超えたところにむかうあたりも興味深い。

テーマは、これまた偶然だが、ホルスト作品と同じく悪意だろう。その悪意が、数々の事件における事実を探って犯罪として見えてくるのがホルストに代表されるリアルな犯罪小説なら、本書の場合は邪悪な影としてヴィジュアル化されて主人公たちに襲いかかる。なかなか迫真的な映像描写が続き、この辺はライトノベルやアニメ世代にも受けるだろう。

それにしても繰り返しになるが、意外な作品である。というのも、沢村鐵というと、クラン・シリーズ（第一作は『クランI　警視庁捜査一課・晴山旭の密命』。計六作）のみならず、警視庁墨田署刑事課特命担当・一柳美結シリーズ（『フェイスレス』『スカイハイ』『ネメシス』『シュラ』）、極夜シリーズ（『極夜1　シャドウファイア　警視庁機動分析捜査官・天埜唯』）などスケールの大きな警察小説の優れた書き手として知られるからだ。警察小説に謀略小説や冒険小説やゲーム小説の要素も加味して、ひじょうにスリリングな小説を生み出しているから、ついついリアリズムの警察小説を思い描いてしまったのだが、ひるがえってみれば、クラン・シリーズでもオカルト的な要素が入り、何度撃たれてもいつも無事である巡査などが出てきたけれど（本書でも言及されている）、この辺は沢村鐵が愛してやまない独特の世界のひとつでもある。というのも、警察小説以外に沢村鐵は、『封じられた街』『十方暮の町』『あの世とこの世を季節は巡る』『はざまにある部屋』などのホラーやファンタジーを積極的に書いているからである。

特に印象に残るのは、『あの世とこの世を季節は巡る』で、子供たち（子供時代）を主人公にして、様々な怪異譚を紡いでいる。本書と同じく四話構成で、別々の物語なのに、共通する一人の青年を出してきて、彷徨う霊たちをあの世へと導く物語である。霊を通して人間の悲しみと苦しみを掬おうとする物語で、怪異譚とはいえ、とても温かで心地よいのは、作者が恐怖と悲しみの浄化をおこない、生きることの切なさと喜びを捉えているからだろう。

それは本書にもいえる。あの世とこの世の境に位置するような黄昏警察署、文中の言葉を借りるなら〝警視庁一〇三番目の署〟（東京にある警察署は一〇二しかない）で、どちらかというと〝正者の世界に少しだけ近い〟黄昏派出所に勤務する巡査が、小野瀬遥の前にしばしば登場してきて、不思議な案内人の役を演じるからである。この巡査と協力して事件を解決していく小野瀬遥の事件簿は、『あの世とこの世を季節は巡る』と比べたらもっとダークでおぞましいけれど、遥が見いだす家族の物語は生きることの切なさと喜びを捉えているといっていいだろう。

なお、冒頭で〝本書はクラン・シリーズのある種のスピンオフなのだろう〟と書いたが、小野瀬はクラン・シリーズには登場しない。そのかわり上司の晴山警部補と、この訳ありの巡査が登場する（本書の最後に名前が出てくるのでここには書かない）。クラン・シリーズのファンは期待されるといいが、もちろんそのような背景を知らなくても、本書は充分に愉しめる。ただ個人的には、もっと家族の話（お祖母さんと小野瀬遥の関係を物語る挿話の数々）を読みたい気持ちがある。おそらくその辺りは続篇で割かれるのかもしれない。北欧ミステリに限らないが、主人公の家族の話が物語を大きく牽引していく例が多いからである。謎解きのみならず人間ドラマを劇的に描くのが世界標準のミステリ、とりわけ警察小説になっているといっていいが、その中でファンタジーに傾斜する小野瀬遥の事件簿は目新しい試みといえるだろう。シリーズ第二弾を望みたいものである。

初出『小説推理』
「道案内」　二〇一九年六月号
「癒やし人　殴り人」　二〇二〇年十一月号
「謎掛鬼」（『謎掛鬼　睥睨鬼』を改題）　二〇二〇年十二月号
「黒羽根に光輪」　書き下ろし

双葉文庫

さ-44-02

謎掛鬼《なぞかけおに》

警視庁捜査一課《けいしちようそうさいつか》・小野瀬遥《おのせはるか》の黄昏事件簿《たそがれじけんぼ》

2022年5月15日　第1刷発行

【著者】
沢村鐵《さわむらてつ》

【発行者】
箕浦克史
【発行所】
株式会社双葉社
〒162-8540 東京都新宿区東五軒町3番28号
［電話］03-5261-4818(営業部)　03-5261-4831(編集部)
www.futabasha.co.jp（双葉社の書籍・コミックが買えます）
【印刷所】
大日本印刷株式会社
【製本所】
大日本印刷株式会社
【カバー印刷】
株式会社久栄社
【DTP】
株式会社ビーワークス

【フォーマット・デザイン】
日下潤一

ISBN978-4-575-52569-4 C0193
Printed in Japan